아직도 고양이 안 키우냥?

집사의 탄생

아직도 고양이 안 키우냥?

박현철 지음

북레시피

서문

2016년 10월 30일 이후 난 분리불안 환자가 되었다.

분리불안이란 대상과 떨어져 지내는 이유로 겪는 불편한 심리적·신체적 상태를 말한다. 보호자와 떨어진 강아지나 고양이의 분리불안은 완화하거나 해결하는 방법이 있다는데, 두 고양이와 떨어지면 생기는 나의 분리불안은 해결방법이 없어 보였다. 이 책에 실린 글들은 그 분리불안의 기록들이다.

세상엔 완벽히 나쁜 것도 완벽히 좋은 것도 존재하지 않는다는 걸 나이를 먹으면서 차차 알아가는 중이다. 나의 분리불안도 그렇다. 분리불안이라는 불치병만 온 건 아니었다.

라미와 보들이, 두 고양이의 북적거림은 삭막하던 혼자만의 공간에 기분 좋은 파장을 일으켰다. 두 고양이의 밥을 챙겨주고 화장실을 치우면서 나와 가족들을 떠올릴 수 있었고, 지금의 내가 어디에서 왔는지 돌아보게 됐다.

나 아닌 다른 생명체와의 동거는 그 자체로 내게 큰 사건이었고 도전이었다. 그 도전을 비교적 큰 탈 없이 시작했다는 뿌듯함을 글로 전하는 게 가능할지, 여전히 걱정스럽긴 하다.

고양이와의 동거가 좋냐, 나쁘냐는 질문엔 답할 수 없지만, 분명히 다른 삶이 펼쳐진다는 얘긴 자신 있게 할 수 있다. 이 책은 그 다른 삶을 경험한 지극히 개인적인 기록이기도 하다.

그러니 '뭐 저렇게 사는 사람도 있구나'라고 봐줘도 좋겠다. 조금 더 바란다면, 이미 그 경험을 한 사람들에겐 추억하고 공감하는 시간이, 아직 경험하지 못한 사람들에겐 새로운 도전을 마음먹게 하는 계기가 됐으면 좋겠다.

그래서 고양이뿐만 아니라 사람에게도 '어제와는 다른 삶'이 벌어지기를.

라미와 보들이, 그들의 집사가 오늘에 이르기까지는 무엇보다 보모 이모들의 공이 컸다. 지금껏, 그리고 앞으로도 이들의 삶을 든든히 지지해줄 보모 이모들과 집사의 가족들에게 고맙다는 말을 전한다. 곧 라미, 보들이, 집사와 함께 살아갈 사람에게도. 무엇보다 이 책의 두 주인공, 라미와 보들이에게 앞으로도 "잘 살아보자"고 말하고 싶다.

초보 집사 박현철

고양이가 사람의 친구가 되어주는 것은 꼭 그래야만 하기 때문이 아니라
그들이 좋아서 그렇게 하는 것이다.

칼 반 벡텐Carl Van Vechten(미국의 음악평론가)

차례

PART 3
우리 냥이가 달라졌어요

PART 4
이렇게 사는 게 최선인가, 묘생 최대의 이벤트

피부양자 박라미, 박보들

앉으나 서나 냥이 생각, 가족이 된다는 것

고양이를 훈련시키는 일은 어렵다고 들었으나 그 반대이다.
내 고양이는 이틀 만에 나를 훈련시켰다.

빌 다나Bill Dana(미국의 희극 배우)

초보 집사와 냥이들의 첫 만남

01

라미와의 만남

“라미로 해라, 삼촌.”

조카한테 고양이 이름을 지어달라고 했다. 고민 끝에 입양을 하고 가장 먼저 알린 사람이었다. 쿨한 조카는 “고양이 샀나?” 이 한마디만 한 뒤, “도라에몽으로 해라”가 전부였다. “어떻게 생겼는데?” “사진 좀 보내봐” 따위의 환호는 없었다.

“두 글자로 다시 줘봐, 여자야”라고 했더니 ‘라미’로 하라고 했다. 무슨 뜻이냐고 물으니 “그냥”이란다(애니메이션 주인공 ‘도라에몽’의 여동생이 도라미라는 사실은 한참 뒤에 알았다).

2016년 10월의 마지막 일요일, 벵골고양이 라미는 그렇게 이름을 얻어 나와 식구가 되었다. 충북 청주에서 태어난 지 2개월이 갓 지난 아깽이였다.

침대에 강아지가 뒹굴고, 고양이가 소파에서 잠을 자는 건 텔레비전 속 사람들의 얘긴 줄 알았다. “자고로 가축은 밖에서 키우다 때 되면 잡아먹는 거지.” 더군다나, 나 하나 건사하기도 힘들어 여태 혼자 사는데, 동물이라니. 그런 생각으로 살았다. 수십 년 동안.

부끄럽지만 유기동물에 대한 애정 같은 게 있는 것도 아니었다. 라미도 집에서 '브리딩(breeding, 번식)'한 사람에게서 입양비를 주고 데리고 왔다.

"일생을 고양이와 함께 보내기로 결정한 이유는 무엇인가요?" 고양이 입양을 알아볼 때, 한 카페의 입양 신청서가 던진 질문이었다. 그 질문을 만날 때까지 '내가 왜 고양이와 함께 살기로 했는지'에 대해 진지하게 스스로에게 물어본 적이 없었다. 입양 신청서엔 "10년 이상을 사는 고양이도 나이가 들면 아픕니다. 돌봐줄 능력과 의지가 있어야 합니다"라는 대목도 있었다. '음, 그래야지'가 나의 소심한 다짐이었다.

내가 고양이를 데리고 온 이유라…… 귀엽고, 예쁘고, 혼자 사는 방에 나 아닌 움직이는 (사람이 아닌) 누군가가 있었으면 좋겠고, 강아지와 달리 고양이는 혼자 사는 사람도 키울 수가 있(다 그러)고…… 이런 이유를 찾아낼 수 있었는데, 그 이유들은 모두가 '다음과 같은 이유로 성급하게 입양을 결정하시면 안 됩니다'라고 경고하는 내용들이었다. 난 곧 파

새 집에 온 첫날,
애꿎은 식물과
씨름 중인 라미

양하거나 유기할 가능성이 큰 문제적 반려인이었다.

강아지든 고양이든 '이런이런 분은 키우면 안 됩니다'라는 말은 주변에 넘쳐난다. 그런데 '이런 분은 키우세요'라는 말은 듣기 어렵다. 성급하게 결정했다가 후회하고 버리는 것보단 아예 키우지 않는 게 낫기 때문일 테다. "고양이 키우는 거 어떨까?"라고 어렵게 말을 꺼냈을 때, 다행히도 내겐 "어우, 키울 수 있겠어?"라는 걱정 대신 "오, 집사 되려고?"라며 응원해준 이들이 있었다.

그들은 고양이를 키우면서 맞닥뜨릴 시련에 대해선 하나도 얘기하지 않았다. '좀 해주지' 싶을 때가 이후에 찾아오긴 했다만. 그들은 모두 지금 고양이를 키우고 있거나, 과거에 키우다 피치 못할 사정으로 지금은 키우지 않는 사람들이었다.

고양이와 함께 산 지 석 달이 지났다. 낯을 많이 가리는 고양이들은 새 집에 오면 일주일 넘게 은둔한다는데, 라미는 집에 온 첫날 내 무릎 위에 앉아 일광욕을 하면서 낮잠을 잤다. 바뀐 사료도 잘 먹었고, 알려주지 않아도 화장실을 잘 찾아간 뒤 볼일을 보고 뒤처리도 잘 했다. 물론 안 그런 때도 있었다(이후에 자세히 쓸 일이 있겠지). 불행히도 아직 '고양이를 키워야 하는 이유'를 찾지 못했지만, 다행히도 문제적 반려인으로 전락하진 않았다. 그래서 이 글을 시작하게 됐다. 나도 집사가 되었다(고 자평하며).

고양이는 어디서 데리고 오나?

대부분 인터넷 분양글을 통해 고양이와 인연을 맺는다. 주로 네이버 카페(냥이네, 고다 등등)를 이용한다. 펫샵도 있지만 추천하진 않는다. 생명을 철창에 가두고 사고판다는 건 아무래도 좀…… 고양이를 키우는 지인들에게 조언을 구하는 것도 괜찮다. 무엇보다 이들이 겪은 시행착오를 반복하지 않을 수 있기 때문이다.

사전에 부모묘, 키우던 집사에 대한 믿을 수 있는 정보를 얻는 게 중요하다. 고양이가 살고 있는 환경을 직접 눈으로 확인한 뒤 결정하는 것도 좋은 방법이다. 사진만 보고 결정하기보다 직접 찾아가서 눈으로 확인하고 궁금한 건 물어봐야 한다.

길게는 10년 이상을 함께 살 가족을 맞는 과정이다. 최대한 꼼꼼하고 세심하게 충분한 시간을 두고 결정해야 한다.

02
자고 또 자고

라미를 데려온 때는 10월 마지막 일요일. 청주 출신 깨발랄 라미는 생애 첫 서울 여행과 생애 첫 이사와 생애 첫 엄마 없는 밤을 무사히 잘 보냈다. 어떤 냥이들은 일주일 가까이 구석에 숨어서 나오지도 않는다던데. 이건 뭐 집에 풀어놓자마자 집사 배 위에서 일광욕을 하며 늘어져라 낮잠까지 자더니 화장실도 잘 찾아가고, 밥도 물도 잘 먹었다. 이때까진 '아깽이들은 다 그런가 보다' 싶었다. 사실 아깽이들이 다 그런 게 아니라, 라미가 그런 거였지만.

그러는 중에도 일요일은 다 지나가고 있었다. 태어난 지 2개월. 생전 처음 보는 사람과 처음 겪는 환경에 던져진 라미를 두고 출근을 해야 하는 월요일이 다가오고 있었다.

2개월짜리 생명을 집에 혼자 두고 온 마음은 정말 불안하기 짝이 없었다. '새로운 환경에 적응하지 못한 증상이 갑자기 나타나면 어쩌나' '나도 미처 몰랐던 어딘가 틈으로 나가버렸으면 어쩌나', 별의별 걱정을 하느라 월요일 하루 종일 마음은 퇴근길 위에 있었다. 오후 6시 '칼퇴'를 하고 집으로 차를 몰던 그때의 불안과 약간의 설렘은 그 전에도 그 후에도 경험하지 못한 감정이었다.

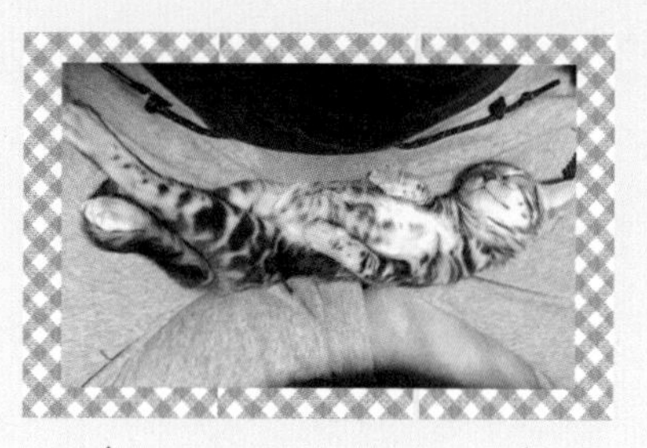

보들이가 오기 전까지
라미의 지정석이던 집사의 다리

날아오르듯 계단을 뛰어올라 현관문을 열자, 라미는 "니아냥!" 하면서 달려와 내 다리를 올라타려 했다. 멀쩡해서 기쁘기도 했는데, '이러려고 그렇게 마음 졸였나' 싶기도 했다. 사실 뭐 라미는 아무렇지 않았는지도 모른다. 자기 할 일 하다가 배고프면 밥 먹고 목마르면 물 먹고 배부르면 화장실 가고, 그러다 졸리면 또 자고, 그랬겠지.

"이러다 아무것도 못 하겠다"는, 거대한 위기감을 고작 하루 만에 느낀 순간이었다. 퇴근 뒤 아무것도 못 하는 것도 문제겠지만, 퇴근 전까지도 신경을 쓰느라 아무것도 못 할 순 없었다.

나 없는 동안 라미의 '생사'를 확인할 수 있다면, 이 불안한 마음이 좀 덜하진 않을까, 라는 자기변명을 한 뒤 홈 CCTV로 쓸 카메라를 샀다. 일하는 엄마 아빠들이 입주 도우미와 지내는 아이를 관찰할 때 쓴다는, 집에 혼자 둔 멍멍이와 대화하기 위해 쓴다는, 그 카메라를 내가 구입하게 될 줄이야. 집에 와이파이만 되면 스마트폰 앱을 통해 거실을 언제든 볼 수 있었다. 소리도 들리고 스마트폰에 대고 말을 하면 전달도 되는 '신박'한 물건이었다.

CCTV를 가동한 첫날. 설레는 마음으로 라미의 하루를 관찰해본 결과는…… 허무했다. 라미는 하루 종일, 그냥, 잤다. 카메라는 피사체가 움직이면 5초가량을 영상으로 찍어 저장했는데, 저장된 영상은 이런 것들이었다. 자다가 귀를 움직이는 라미, 잠에서 깨 기지개를 켜는 라미, 다시 잠드는 라미. 카메라는 한 방향으로만 고정돼 있어 라미가 화면에서 사라진 때도 많았는데, 아마 그때도 어디서 자고 있었겠지.

고양인 하루에 18시간 가까이 잔다고는 했지만, 나랑 함께 있을 땐 한시도 가만있지 못하는 애가 하루 종일 잔다는 게, 잘 수밖에 없다는 게 짠하기도 하고 미안하기도 했다.

딱히 뾰족한 수가 있는 것도 아니니 더 짠했다. 함께 출근을 할 수도 없는 노릇이니. 결국 '함께 살려면 별수 없다'는 여러 선배 집사들의 가르침을 따르기로 했다. 돈을 벌어야 좋은 사료도 사주고 장난감도 사줄 수 있는 거니까. 퇴근하고 열심히 놀아주면 될 테니까. 라미도 나도 곧 적응하게 되겠지, 라고 생각하기로 했다.

03

부모의 위대함을 느끼다

태어난 지 갓 2개월이 지난 라미는 혈기왕성한 아깽이였다. 그런 아깽이가 하루 종일 자다깨다만 반복했으니, 퇴근하고 돌아온 집사를 가만 둘 리 없었다. 틈만 보이면 올라탔고, 손만 보이면 깨물었다.

아직 이빨도 제대로 나기 전이라 깨문다고 상처를 입진 않았다. '계속 이렇게 깨물면 점점 골치 아파지겠다'는 생각은 했는데, 그런 상황에 놓인 아깽이 집사는 정말, 이 세상의 고양이 수만큼 많았다. "손만 보면 깨무는데 어떻게 해야 할까요?" "밥을 더 달라는 건지 궁금합니다." "점점 아파지기 시작해요." 등등. 고양이 카페와 페이스북 페이지에 틈틈이 올라오는 초보 집사들의 고민이었다.

"이빨이 나기 시작하면서 간지러워 그래요." "친근함을 표현하는 겁니다." 등등 원인은 다양했지만 해결책은 한결같았다.

"지칠 정도로 같이 놀아주면 됩니다. 아깽이 시절 끝나면 안 그래요." 지칠 정도라…… '어리니까 금방 지치겠지'라고 생각했었다. 그때는.

라미와의 놀이는 크게 두 가지였다. 달리기와 깃털놀이. 침대가 놓인 안방과 마루 끝까지의 거리는 약 7~8미터. 거길 뛰어서 왔다 갔다 하면 마치 새끼 오리처럼 라미는 날 바짝 뒤따라 뛰었다. 몇 번 하니 난 숨이 가빴는데 라미는 지치지도 않는 듯했다.

다음은 깃털놀이. 회사 선배 말을 빌리자면 "고양이에 미친" 선배의 친동생이 있는데, 그 친동생이 아픈 고양이들 치료비를 마련하기 위해 직접 만들어 파는 깃털을, 라미가 오기도 전에 사놓았었다. 이름하여 달깃털. 아픈 고양이도 날게 한다는 이른바 냥이들의 '발광(아이)템'으로 유명하다나 뭐라나.

과연 발광템 달깃털의 위력은 대단했다. 그걸 줄에 매달아 이리저리 흔들면 라미는 그걸 잡으려고 자기 키의 몇 배 높이를 훌쩍훌쩍 뛰어올랐다. 그걸 들고 또 마루와 방을 왔다 갔다 하면 그걸 마치 사냥이라도 하듯 라미는 열심히 쫓아왔다. 누구한테 배우지도 않았을 텐데, 몸과 머리를 낮추고 엉덩이를 씰룩거리며 '발사' 준비를 갖추고, 이때다 싶을 때 깃털에 달려드는, 영락없는 야생고양이였다.

그 모습에 감동하여 30분 안팎을 놀아주면, 언제나 변함없이, 라미보다 내가 먼저 지쳤다. 라미는 혼자서 한참을 이리 뛰고 저리 뛰고, 싱크대를 몇 번 오르내리고 나서야 움직임이 느려지기 시작했다. 그때쯤이면 이미 시곗

바늘은 밤 11시를 넘나들었다. 퇴근한 뒤 느긋하게 월화 또는 수목 드라마를 이 채널 저 채널 돌려보던 시간이 사라져버렸다.

그렇게 놀아주면 내가 잠들 때쯤 라미도 함께 잠들 수 있었다. 어느 수의사가 쓴 책을 보면, 고양이는 놀고-먹고-그루밍하고-잠자는 패턴으로 시간을 보낸다는데 그 말이 맞았다.

나랑 놀고 나면, 배가 고픈지 사료를 아작아작 씹어 먹고는 한참 동안 물을 마신 뒤 '므흣'한 표정으로 푹신한 곳을 찾아 자리를 잡는다. 그러곤 몸 여기저기를 단장하다 잠이 드는데 그때 내가 침대에 누우면 따라 들어와 옆에서 잠이 들었다.

라미와 함께 잠드는 건 물론 좋았지만, 이 과정을 앞으로 계속해야 한다고 생각하니 좀 막막하기도 했다. 저녁 약속이 있거나 술을 마시고 늦게 들어온 날도 예외가 없었다.

애를 낳아 키우는 사람들이, 멀리 갈 것도 없이 나의 누나와 동생이, 그보다 앞서 나와 누나와 동생을 키우신 부모님이 위대해 보였다. 고양이를 키운 지 겨우 일주일 만에 얻은 꽤 큰 깨달음이었다.

04
라미를 만나기까지

라미의 '품종'은 뱅갈(Bengal, 표준어는 벵골)이다. 1960~70년대 미국에서 아시아 야생 고양이와 집고양이의 교배로 만들어진 인위적인 품종이다. 라미와 한집에 살기 두어 달 전까진 뱅갈이 무엇인지도, 그런 게 존재하는지도 몰랐다.

내게 동물을 사랑하는 마음과 사람에게서 버림받은 존재에 대한 측은지심이 충만했다면 길고양이나 유기된 고양이들을 데려왔을지도 모른다. 사실 난 그때나 지금이나 그저 '내 삶이 좀 풍족해지고 다양해지길 원하는, 그래서 고양이와 함께 살고 있는' 그저 그런 꽤나 이기적인 인간인지도 모른다.

그래서 고양이 분양처를 찾아볼 때도 이곳저곳 가리지 않았다. 네이버의 가장 대표적인 고양이 카페는 '냥이네'와 '고양이라서 다행이야(고다)' 두 곳이 있었다. 고다는 길에서 구조됐거나, 그 구조된 고양이가 새끼를 낳았거나, 키우던 고양이가 낳은 새끼들을 모두 거둘 수 없어 입양을 보내는 사람들이 많았다.

반면 냥이네는 고다보다 훨씬 더 '스펙트럼'이 다양했다. 고다처럼 영리와 전혀 무관한 이들도 있었지만 그에 못지않게 전문적으로(전

업해서) 고양이를 키우는 이들이 새끼들을 분양하거나 고양이샵에서 올린 분양글도 많았다. 그리고 이들은 대부분 품종묘들을 기르고 분양했다.

라미와 같은 뱅갈이나 최순실 씨의 딸 정유라가 키웠다는 랙돌 등을 품종묘라고 한다. 국제고양이 혈통등록협회에서 인정한 고양이라고 볼 수 있는데, 이 품종묘와 달리 비품종묘들이 존재한다. 우리가 흔히 코숏(코리안 숏헤어)이라고 부르는, 길에서 흔히 보는 고양이들이 대부분 비품종묘들이다. '비품종묘'라고 하니까 뭔가 품종묘에 비해 덜 갖춰진 듯한 느낌이지만 절대 그런 건 아니다. 단지 순수 혈통이 아니라는 것일 뿐(그것도 고양이협회의 인정 여부일 뿐이지만)이다. 품종묘, 비품종묘라는 말 대신 다른 말을 썼으면 좋겠다.

지금이야 길고양이들도 모두 예뻐 보이지만, 그런 걸 모르던 그땐 흔히 마주치는 코숏보다 품종묘들이 탐나 보였던 게 사실이다. 당연한 얘기지만, 대신 품종묘들은 입양비가 꽤 높았다. 적게는 수십만원에서 백만원이 넘는 경우도 많았다.

라미는 냥이네에서 만났다. 고다에서 본 광주광역시의 한 코숏 아깽이가 눈에 들어와 입양신청서를 작성하던 중(고다에선 입양 예정

자들에게 신청서를 받았다)이었다. 라미는 다른 뱅갈들에 비해 입양비가 낮았다. 라미에겐 평생 말하지 못할 비밀이다.

이유를 물어보진 않았지만 라미를 낳은 어미가 뱅갈치곤 덩치가 작고 무늬도 사람들이 선호하는 모양이 아니라서 그런 것 같았다. 다행히도 난 무늬 이런 덴 관심이 없었다. 같은 어미에게서 태어난, 라미와 거의 똑같이 생긴 형제가 세 마리나 더 있었는데, 왠지 라미의 얼굴상이 더 착해 보였다. 완전 오판이었지만.^^

이런 과정으로 라미를 데려온 까닭에 난 "고양이, 사지 말고 입양하세요"라는 말을 들으면 움찔한다. 그리고 누군가 "동물을 많이 사랑하시나 봐요?"라고 물으면 손사래를 친다. 그리고 말한다. "내가 좋아서 데리고 온 거예요. 데리고 왔으니 먹이고 재우고 아프면 병원 데려갈 뿐"이라고.

그럼에도 라미를 보고 있으면 짠한 마음이 드는 건 어쩔 수가 없다. 생후 2개월짜리 아기를 엄마에게서 떼어냈다는 미안함, '싼값'에 데려왔다는 미안함, 그런 것도 모른 채 너무 깨발랄해서 드는 미안함…… 그런 것들이 뒤죽박죽 계속 머릿속을 맴돈다.

캣타워에서 집사를
맞이하는 중인 라미

입양 전 준비할 것들

일단 사료와 화장실(모래 포함), 스크래처가 필요하다. 사료나 화장실 모래는 고양이마다 선호하는 게 다르고, 또 기존 집사가 주던 것들을 그대로 줄지 새로운 것들로 바꿔줄지에 따라 준비하는 내용이 달라지기 마련. 우선 적은 양으로 준비한 뒤 고양이의 적응 여부에 따라 추가 구입하는 게 낫다.

장난감은 미리 준비할 필요가 없다. 바스락거리는 모든 것들, 반짝이는 모든 것들, 나풀거리는 모든 것들이 고양이의 장난감이 될 수 있고, 또 그렇지 않을 수도 있다. 내 고양이가 어떤 것들을 좋아하는지 파악한 뒤에 마련해줘도 늦지 않다.

고양이를 데리고 올 이동장은 사전에 반드시 필요하다. 되도록 크면서 위쪽 출입구가 있는 게 좋다고 하는데 앞쪽 출입구로도 잘 들어가는 고양이라면 뭐 아무래도 상관없을 듯. 이동장은 병원에 데리고 갈 때 필요하고, 평소에 익숙해질 수 있게 거실에 둬야 하기 때문에 기능이나 디자인, 크기 등을 잘 살펴봐야 한다.

05

초대형 화장실의 등장

라미를 충북 청주까지 데리러 가기로 약속한 날은 일요일이었다. 금요일 오후에 결정이 났다. 집엔 고양이와 함께 살 때 필요한 것들이 하나도 없었다. 아, 깃털만 있었다.

선배 집사인 사촌동생에게 우선 필요한 것들을 물었다. 사료와 화장실, 스크래처가 3대 필수품이라고 했다. 스크래처? 스트레스를 풀거나 발톱을 날카롭게 하는 데 필요한 그게 필수품이라는 것도 그때까진 몰랐다.

마트에 갔지만 적당한 크기와 구조를 가진 화장실이 없어 라미가 집에 오고 며칠 동안은 박스로 만든 간이 화장실을 썼다. 천장도 없이 볼일 보는 모습이 다 노출되는 화장실이었지만, 라미는 적응 기간 없이 볼일도 잘 봤다.

사료와 함께 화장실 및 화장실 모래는 많은 냥이 집사들의 고민거리기도 하다. 화장실 모래가 맘에 들지 않는 냥이들은 화장실이 아닌 곳에서 볼일을 보기도 한다. 지금도 고양이 카페나 페북 페이지엔 "울 집 냥이가 침대에 쉬야를 했다"며 화장실 모래를 어떤 걸로 바꿔야 하는지 묻는 글들이 심심치 않게 올라온다.

그런 면에서 난 정말 복 받은 집사라고 할 수 있다. 라미는 간이 화장실에서도, 그 이후 진행된 두 번의 화장실 교체에도 화장실 아닌 곳에서 볼일을 본 적이 없다. 청주에서 쓰던 모래와 다른 형태인 두부모래로 바꿔줬을 때도 전혀 까탈스럽게 굴지 않았다.

입자가 큰 두부모래는 입자가 작은 벤토나이트 모래에 비해 고양이 발에 묻어 화장실 밖으로 모래가 달려 나오는 이른바 '사막화'가 덜했다. 그럼에도 불구하고, 볼일을 본 뒤 마치 총알처럼 화장실 밖으로 뛰어나오는 라미에겐 역부족이었다. 화장실 주변엔 언제나 모래 알갱이들이 하나둘씩 흩어져 있었다.

화장실을 손수 만들어야겠다는 생각은 그렇게 시작됐다. 다행히도 고양이 카페엔 화장실은 물론이고 캣타워, 스크래처까지 직접 만든 '금손' 집사들이 수두룩했다. 친절한 제작 매뉴얼과 함께.

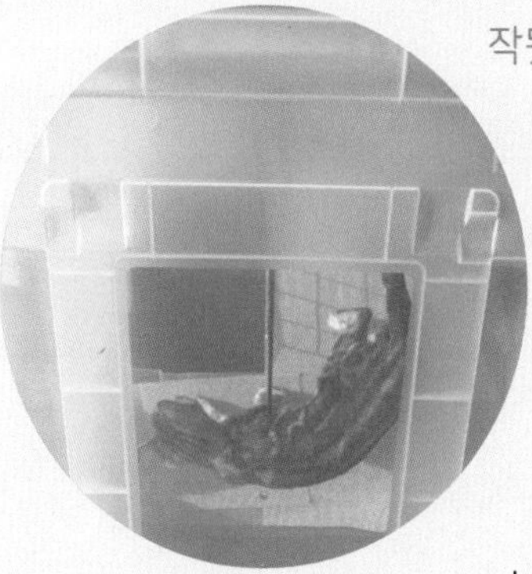

초대형 화장실 개시 전,
놀이터로 이용 중인 라미

120리터 리빙박스(아마 손쉽게 살 수 있는 가장 큰 사이즈일 거다) 두 개와 케이블타이(이건 정말 유용하다. 쓰임새가 많다), 전기인두와 다이소에서 살 수 있는 작은 철망만 있으면 됐다. 플라스틱 리빙박스를 칼이나 톱으로 자르는 집사들도 있었는데, 그게 꽤나 힘들다길래 전기인두로 그냥 지져서 만들었다.

위아래로 붙은 리빙박스 2층이 출입구, 화장실 모래는 1층에 깔았다. 2층 입구로 들어가 ㄱ자로 꺾인 길을 걸어간 뒤 1층으로 내려가 볼일을 보고 다시 돌아 나오는 구조였다. 발에 붙은 모래는 걸어 나오는 동안 떨어지게 돼 있는, 나름 최첨단 시설이었다. 두 달 가까이 쓰던 기존 화장실이 통째 들어가고도 남는 거대한 크기였다. 라미에겐 엄청난 복지의 향상이었다(고 자부한다).

사실 이 화장실의 또 다른 의도는 따로 있었다. 이즈음부터 고양이를 한 마리 더 들여야겠다는 생각을 하기 시작했다. 새 고양이를 들이려면 당연히 화장실이 하나 더 있어야 했다. 시간이 지나면 결국 한 화장실만 이용한다는 선배 집사들의 조언도 작용했다. 하나의 화장실을 두 마리가 함께 쓰게 된다면 일단 커야 했다. "이 정도면 라미 스무 마리도 들어가겠다"고, 집사는 뿌듯해했다.

그걸 아는지 모르는지 라미는 새 놀이터가 생겨서 기분이 좋은 듯했다. 곧 새로운 식구가 올지 모른다는 사실은 꿈에도 알지 못한 채. 그런 라미를 바라보는 집사의 마음은 딱 반반이었다. 잘 적응할까 하는 걱정 반, 새로운 식구를 만난다는 설렘 반.

어떤 모래를 쓸까

고양이 화장실용 모래는 크게 두 가지. 벤토나이트 모래와 두부모래. 암석을 쪼개서 만든, 우리가 흔히 보는 '그냥 모래'처럼 생긴 게 벤토나이트라면, 콩비지로 만든 게 두부모래다. 벤토나이트는 입자가 작아 응고력과 탈취력이 강한 반면, 고양이 발에 묻어 화장실 밖으로 떨어지는 '사막화' 현상이 심하고 먼지가 날릴 수 있다. 두부모래는 입자가 굵어 사막화가 덜하고 두부로 만들었기 때문에 고양이가 먹어도 탈이 나지 않으며, 사람이 쓰는 화장실 변기에 버리는 게 가능하다(물론 막히기도 한다고. 그래서 라미와 보들이의 '볼일'은 쓰레기봉투에 버렸다). 반면 응고력과 탈취력은 벤토나이트에 비해 떨어진다. 라미와 보들이 모두 이전 집사네에선 벤토나이트 모래를 썼으나, 우리집에 와선 두부모래를 썼다. 벤토나이트라고 냄새를 완벽히 잡는 것도 아니고, 두부모래라고 사막화가 전혀 발생하지 않는 건 아니다. 세상에 완벽한 모래는 없다. 고양이와 동거를 결정한 이상, 어느 정도의 사막화나 볼일 냄새는 각오하는 게 마음이 편하다.

06
둘째를 들였다, 나를 위해

도도하다. 사람에게 의존하지 않는다. 달려와 안기지도 않는다. 독립적이다.

흔히 알려진 고양이의 습성들이다. "애완(반려)동물이 그러면 무슨 재미로 키워"라고 하는 이들도 있겠지만, 고양이의 이런 습성은 혼자 사는 사람들에겐 정말 다행스러운 것들이다. 출근을 한 뒤 퇴근까지, 열 시간 가까이 혼자 지내야 하는 고양이에 대한 '마음의 짐'을 조금은 덜 수 있기 때문이다. '고양인 혼자서도 잘 노는 그런 동물'이라고 그렇게 믿으면서.

물론, 고양이 역시 마냥 혼자서 잘 지내는 동물이 아니라는 사실은 함께 살기 전에도 알고 있었다. 인터넷 카페엔 강아지처럼, 어떨 땐 강아지보다 더 외로움을 타는 고양이들의 사연이 적지 않았다. 집 안에서 거의 평생을 보내야 한다면 혼자보단 둘, 둘보단 셋이 함께 사는 게 낫다는 경험담들도 많았다. 말이 통하지 않는 열 명의 사람보다 같은 종족 한 마리가 더 나을 수 있겠지.

그런 이유로 "아예 처음부터 두 마릴 들이라"고 충고하는 이도 있었다. 한 번에 두 명의 아이를 낳는 노고가 필요할 듯해, 한 귀로 흘려

버리긴 했지만.

그때쯤, MBC <마이 리틀 텔레비전>으로 유명해진 강형욱 반려견 훈련사의 과거 강의 영상을 보게 됐다. 15분 동안 하는 짧은 강의였다. "당신은 누군가를 열 시간 동안 기다려본 적이 있나요? 매일같이, 그리고 한결같이."

집사가 출근하고 없는 동안, 자고 깨고 다시 잠들기를 반복하는 라미는, 어쩌면 집사를 기다리는 중인지도 몰랐다. 그때 결심했다. 한 마리 더 들여야겠다고.

그래서 둘째를 알아보는데, 이게 또 말처럼 쉬운 일은 아니었다. 무서운 경험담들도 있었다. 둘째가 들어오면 먼저 온 고양이가 질투를 느끼고 성격이 까칠해지거나 심할 경우 스트레스를 받아 병이 나기도 한다고 했다. "그때로 돌아간다면, 절대 둘째를 들이지 않을 거"라고 하는 이도 있었다. 라미도 그럴까…… 묻고 또 물었지만 라미의 답을 들을 순 없었다. 라미가 말을 할 수 있다면 라미가 바라는 대로 해줄 텐데…….

허무한 경험담도 있었다. 혼자 있는 동안 하도 잠만 자길래 둘째를 들였더니 "결국 둘이서 같이 하루 종일 자더라"는 얘기였다. 그게 셋이 되고 넷이 되도 마찬가지라고. 다행이라고 해야 하나.

겪어보기 전엔 절대 답을 알 수 없는 고민은 조금만 '셈'을 해보니 쉽게 풀렸다. 친구이자 동생이 있으면 나에 대한 집착도 덜하지 않을까? 무엇보다 혼자가 아닌 두 마리가 같이 있으면 내가 마음이 편할 것 같았다. 저녁에 좀 늦게 들어가도 덜 미안할 것 같았다. 자다 깨서 밥 먹고 난 뒤 배가 부르면 서로 장난도 치지 않을까?

그렇게 측은지심과 이기심이 결합한 결과, 라미의 동생이 생겼다. 그전부터 눈여겨본 친구가 있었는데 라미와는 조금 다르게 생겼다. 성격도 조금 다른 동생이길 기대하면서…… 라미가 온 지 두 달이 지난 때였다. 이번엔 내가 직접 이름을 짓기로 했다.

소파에 누운 보들이

07
맘 졸이던 그날 밤, 합사하던 날

책에서 본 수의사의 조언과 고양이 카페 선배 집사들의 경험담을 통해 얻은 고양이 합사 매뉴얼은 대략 이랬다.

"짧게는 4~5일, 길게는 일주일 이상 격리해야. 격리 기간 동안은 방석이나 담요 등을 교환하면서 서로의 냄새에 익숙해지게 해야 함. 가끔씩 얼굴은 보여주되 접촉하게 해선 안 됨. 3~4일 이후부터 30분~1시간씩 같은 공간에 있다가 다시 격리하는 식으로, 이 시간을 조금씩 늘려줘야. 서로 으르렁대고 싸우더라도 피가 흐를 정도의 상처가 나지 않는 이상 집사가 개입하지 않아야. 합사 과정 동안, 그리고 그 이후에도 첫째에게 더 많은 관심과 사랑을 줘야 함."

보들이는 — 둘째 이름은 보들이로 지었다. 풍성한 털이 보들보들하게 보여서 보들이라고 지었다. 별 뜻은 없다 — 12월 말 어느 평일 저녁에 왔다. 라미보다 3주 늦게, 서울에서 태어난 보들인 집으로 오는 30분 동안 이동장 안에서 숨죽인 듯 조용했다. 청주에서 오는 두 시간 내내 운전기사 귀가 찢어져라 울어대던 라미랑은 하늘과 땅 차이였다.

보들인 집에 오자마자 특대 화장실이 갖춰진 작은방에 격리됐다. 어느 날 갑자기 강제 이주를 하게 된 보들이에겐 집사의 존재마저 두려울 테니 얼른 문을 닫았다. 마루에 있던 카메라를 보들이 방에 두고 지켜봤다.

혼자 있게 된 보들인 그제야 작은 목소리로 울기 시작했다. 불과 30분 전까지 엄마 아빠와 형제자매들까지 거의 30마리 가까운 고양이들과 함께 살다 어느 작은 골방에 갇혔으니 얼마나 무섭고 혼란스러웠을까. 이동장 안에서 몸을 움츠리고 보들인 밤새 낑낑댔다.

설마 했는데 나 역시 보들이처럼 잠을 잘 수가 없었다. 라미는 오자마자 이리 뛰고 저리 뛰다 지쳐서 잠만 잘 잤는데, 보들이처럼 그렇게 낑낑대는 고양이는 처음이었으니 그 소리를 들으면서 잠이 올 리 없었다. 그나마 밤새 물도 마시고 화장실에 간 게 위안이었다.

다음 날 아침 출근을 하기 위해선 옷장이 있는 보들이 방에 들어가야 했다. 그 전에 라미를 어떻게 할지 선택해야 했다. 잠 못 이루긴 라미도 마찬가지였던 터라, 방 안 새 존재에 대한 호기심이 극에 달해 있었다. 분명 합사 매뉴얼엔 3~4일 이후 만나게 하는 편이 좋다고 했지만…….

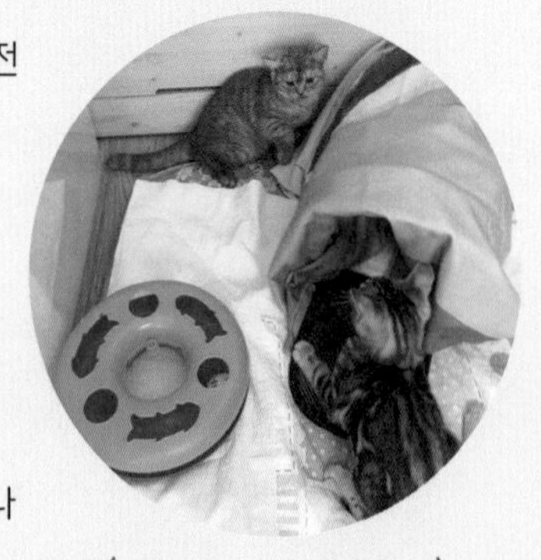

보들이를 처음 본 라미,
냥펀치를 준비 중이다

깨발랄한 라미를 한번 믿어보기로 하고 같이 들어갔다. 서로를 탐색하던 둘은 30cm 거리를 두고 '하악질'을 하기 시작했다. 하악질은 고양이가 경계하며 이를 드러내고 "하악~" 하는 소리를 내는 것을 말한다. 라미가 하악질하는 것도 처음 봤지만 순하디순해 보이는 보들이도 만만치 않았다. 그 조그만 것들이 서로 으르렁대는 모습을 보고 있자니, 걱정이 되면서 흐뭇하기도 했다. 너네가 호랑이와 친척뻘이긴 하구나.

둘은 짧은 탐색전 끝에 몇 번의 '냥펀치'를 주고받았다. 소리는 요란했지만 다행히 서로 상처를 입히진 않았다. 한 달 먼저 태어난 라미가 선방을 날리고 보들이가 피해 다니는 식이었다. 보들이가 구석으로 숨어 들어가자 승리를 확신한 라미는 전리품인 양 보들이 밥그릇에 담긴 사료를 뺏어먹었다(이때 라미는 좀 냥아치 같았다).

그날 저녁엔 골방에 있던 보들이를 마루로 데리고 나온 뒤 철망 안에 넣었다. 라미에게 보들이 냄새를 맡게 하기 위함이었다. 철망 때문인지 둘은 으르렁대지 않았다. 10분쯤 그렇게 두다 철망을 치웠더니 다시 탐색전과 냥펀치를 교환했다. 아직 환경에도 익숙하지 않은 보들이에겐 좀 미안했지만 빨리 적응하려면 어쩔 수 없었다. 겪어야 할 과정이었다.

좀 살살하면 좋을 텐데, 텃세를 부리는 라미가 야속하기도 했다. 이런 내 맘을 알아챘다면 라미는 몹시 실망했겠지. "왜 나한테만 그러느냐"며. "네가 좀 참아야지, 형이잖아"라는 말에 서운해했다던 조카가 생각났다.

첫째에게 잘해주라는 말의 뜻을 알 것 같았다. 그리고 어쩌면 그건 고양이가 아닌 인간을 키운 사람들의 경험담에서 나온 얘길 것 같았다.

그렇게 30분쯤 지났을까. 골방과 마루를 오가며 벌이던 둘의 펀치 대결이 잠잠해졌다. 라미가 보들이를 쫓긴 하는데 펀치를 날리진 않았다. 어라? 이게 끝인가? 일주일은 걸린댔는데…….

라미 때도 그랬지만 역시 난 운이 좋은 집사였다. 그렇게 걱정했던 합사가 하루 만에 마무리된 것이다. 성공적인 합사를 기념하며 집사는 와인을 땄다. 호기심쟁이 라미는 그게 뭔지 알아봐야겠다며 식탁 주위를 어슬렁거렸고, 소심쟁이 보들이는 캣타워 아래서 이 모습을 지켜봤다.

그럼에도 여전히 걱정스러운 마음으로 골방 방문을 열어둔 채 잠이 들었다. 다음 날 아침, 두 냥이들은 내 침대 한쪽에서 나란히 잠들어 있었다.

08

집 떠나면 '냥고생' 1_첫 여행

고양이는 창밖을 바라볼 때가 많다. 그런 고양이를 보고 있자면 '밖엘 한번 데리고 나가야 하나' 하는 생각이 들기도 한다. 얼마나 답답할까 싶은 생각도 든다.

보들이가 오기 전까진 라미도 가끔씩 바깥 구경을 했었다. 목줄을 메고 그 목줄을 가방에 묶은 뒤 집사 품에 안겨 동네 한 바퀴를 돌기도 했다. 호기심 왕성한 라미는 처음엔 품에 꼭 안겼다가 산책 절반쯤엔 어깨 위로 올라오려 했다. 집사 품에 안기든, 직접 기어서 가든, 산책을 하면 좋아하는 고양이도 있고, 반대로 스트레스를 받는 고양이도 있다고 했다. 라미는 딱히 스트레스를 받거나 무서워하진 않았는데 그렇다고 막 좋아하는 것 같아 보이지도 않았다.

보들이가 오고 닷새째 되던 날, 그러니까 둘의 합사가 성공한 지 나흘째 되던 날, 라미와 보들이는 새벽 5시에 집사와 함께 집을 나섰다. 집사의 연말 휴가가 시작되는 날이었다. 일주일 휴가였는데 가족들과 함께 보낼 예정이었다.

고양이들을 집에 두고 가기엔 너무 긴 휴가였고, 일주일 넘게 돌봐줄 보모를 구할 시도도 하지 않던 때였다. 새 집에 온 지 일주일도 안 된 보들이에겐 좀 미안했지만 별수 없었다. 합사 과정을 막 시작한 냥이들이 함께 새로운 환경에 놓이면 합사가 더 빠르게 진행된다는 얘기도 들었다. 그런 효과도 기대했다.

목적지는 지리산. 차로 네 시간 가까이 가야 하는 곳이었다.

평소 같으면 가방 하나 둘러메고 떠났을 텐데, 새끼 고양이 두 마리가 몰고 온 변화는 컸다.

일주일치 사료, 물그릇과 밥그릇, 장난감, 냥이들 치약과 칫솔, 담요, 화장실용 모래, 혹시 필요할지 모를 이동장…… 짐 꾸러미의 핵심은 특대 화장실이었다. 다행히 겨우겨우 차 뒷좌석에 들어갔는데, 그렇게 화장실이 공간을 차지하고 나니 라미와 보들이가 있을 만한 공간은 뒷좌석 1인분 공간 정도가 전부였다. 삼남매를 데리고 시외버스를 타고 명절을 보내러 다니셨던 오래전 부모님이 생각났다. 차 트렁크 한가득 조카들 물건을 싣고 다니던 누나네 가족도 생각났다.

차 안에선 이동장에 넣지 않고 풀어뒀다. 라미는 병원 다닐 때도 그렇게 했는데 다행히 '사고'를 치진 않았다. 고양이와 차를 탈 땐 승용차라도 되도록 이동장에 넣고 가라는 충고를 많이 한다. 고양이가 운전석 아래 브레이크 발판이 있는 공간에 들어가 끼

할머니집에서 부쩍 가까워진
라미와 보들이

일 수 있기 때문. 자칫하면 큰 사고로 이어질 수도 있다. 라미는 이동장에 두면 가만있질 못하기 때문에, 어쩔 수 없는 선택이었다.

병원에 다닐 때처럼, 라미는 차 안 구석구석을 오르내리기도 하고 내 허벅지 위에서 잠들기도 하면서 따분한 시간을 보냈다. 신기한 건 우리의 보들이. 보들인 콘솔박스(운전석과 조수석 사이의 수납공간) 위에 앉아 무슨 조각상처럼 꼼짝도 하지 않고 자다 깨다를 반복했다. 이사 오던 날 차 안에서 30분 동안 소리 한번 내지 않던 보들이의 내공은 역시 보통이 아니었다.

어두컴컴했던 새벽이 햇빛 쨍쨍한 대낮으로 바뀔 때쯤 라미와 보들이와 집사는 지리산 어느 펜션에 도착했다. 그러나, 불행히도, 라미와 보들이는 다음 날 펜션을 떠날 때까지 '어리석은 고양이가 머물면 지혜로워진다'는 지리산(地理山)의 흙 한번 밟아보지 못했다. 대한민국 대부분의 펜션이 그렇듯 그 펜션 역시 '반려동물 입실 금지'였고, 펜션 주인 몰래 입실에 성공한 라미와 보들이는 쥐 죽은 듯 하룻밤을 묵고 다음 날 일찍 펜션을 떠났기 때문이다(나는 민폐 펜션객이었다. 반성한다). 다행히 라미와 보들이의 다음 목적지는 반려동물 입실이 가능한 곳, 집사의 고향집이었다.

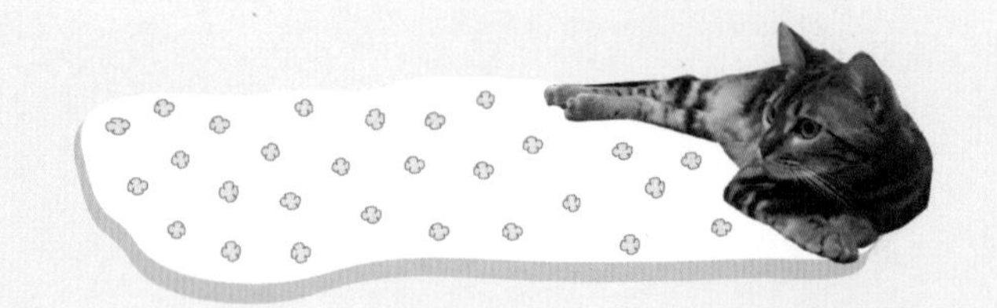

09

집 떠나면 ‘냥고생’ 2 _할머니, 오빠를 만나다

“고양이 샀나?”

라미와 함께 산 지 일주일쯤 되던 날, 누나네와 동생네가 있는 카톡방에 라미 사진을 올렸더니 돌아온 답이었다. “어머, 이쁘네”까진 바라지 않았지만, “어 고양이네, 입양했냐?” 따위의 놀라움 정도는 기대했는데…… “고양이 샀나”라니. 역시나 쿨한 가족이다.

라미라는 이름은 큰조카(누나의 큰아들) 기범이가 지었다. 기범이한테 그렇게 알렸으니 자기 엄마 아빠한테 전하겠거니 했다. 그런데 라미가 오고 일주일이 지나도록 카톡방에선 아무런 얘기가 없었다. 고양이 이름까지 지어줬으면서, 엄마 아빠한테 말도 안 한 것이었다. 기범이 역시, 쿨하다.

고양이 입양의 여러 조건 중엔 ‘가족들의 동의’도 포함돼 있다. 함께 사는 가족뿐만 아니라 따로 사는 가족들의 동의도 때론 필요하다고 했다. 가족들이 도저히 받아들이지 못한다면 크고 작은 불상사가 일어나기 때문이겠지.

라미가 오고 한 달 뒤, 드디어 엄마와 조카들(누나네 아들들)이 주말을 맞아 창원에서 서울로 왔다. 엄마는 평소 계절에 한 번 꼴로, 혼자 사는 아들집에 오셨는데, 고양이 소식을 들은 조카들이 모두 따라가겠다고 해 줄줄이 달고 오신 거였다.

'할머니'가 되는 엄마도 라미를 만나기 전까진 입양 소식을 반가워하지 않았다. "고양이는 뭐 하러 데리고 왔냐"며 당신은 개는 몰라도 고양이는 별로라고 하셨다. 그랬던 할머니도 생후 3개월 라미가 들이대니 어쩔 수 없었다. "고양이는 냄새가 나서 싫다"던 할머니는 마치 예전에 알고 지내던 사이처럼 라미를 만지고 부르고 하셨다. 무엇보다 아침 일찍 일어나는 할머니는 라미와 딱 맞았다. 싱크대 집착냥 라미와 할머니는 부엌에서 알콩달콩 빠르게 친해졌다.

뭐 조카들이야 말할 것도 없었다. 주말 이틀을 라미와 함께 보내고 돌아간 조카들은 엄마 아빠에게 라미 얘기만 했다고 한다.

천성이 쿨하고, 이미 라미의 입양 소식을 들었던 나의 가족들은 지리산 어느 펜션에 라미와 보들이가 함께 들어섰음에도 크게 놀라지 않았다. 할머니는 오랜만에 만난 라미를 반가워했고, 표범 같은 무늬에 '홀릭'된 자형(누나의 남편)은 라미의 매력에 빠져버렸다. 누나의 둘째 아들 일곱 살 기욱이는 귀여운 보들이가 딱 자기랑 닮았다며 이제 자기를 보들이라 불러달라고 했다. 고양이 두 마리와 함께 들

라미와 처음 만난 조카
성기욱이

어선 동생을 본 누나는 "뭐 이제 진짜 그냥 결혼 안 하고 살 건가 보네"라고, 아무렇지 않게 말했다.

고양이를 고양이라 부르지 못하고 펜션에서 하룻밤을 보낸 뒤, 차로 두 시간을 달려 경남 창원 할머니집에 처음 들어선 라미와 보들이는 신세계를 만났다. 할머니집은 집사의 서울집보다 훨씬 넓었던 것이다. TV를 올려놓는 선반도 훨씬 크고 높았다. 마루와 작은방 사이에 세 칸짜리 계단도 있었다. 싱크대는 물론이고 식탁까지, 뛰어오를 곳도 많았다.

라미 일행이 도착하고 한 시간도 되지 않아 라미의 일격으로 몇 송이 부러진 다육식물 등 화분들은 햇빛이 잘 드는 거실에서 쌀쌀한 구석방으로 쫓겨났다. 싱크대를 근거지로 삼은 라미는 새벽같이 일어난 할머니와 "좀 내려와라"와 "냐~~아옹(싫어)!"을 주고받으며 더 친해졌다. 보들이도 이른 아침엔 가스난로 앞에서, 낮이면 뜨끈한 전기장판 위에서 온몸을 지지며 빠르게 새 식구들에 적응해갔다. 그러다 둘만 두고 나갔다 돌아오면 둘은 바짝 붙어서 잠들어 있었다. 함께 산 지 일주일도 채 되지 않았던 라미와 보들이는 그렇게 둘도 없는 사이가 되어갔다. 집사의 고향집에서 둘은 가족이 되었다.

고양이와 차타기

최선은 이동장에 넣은 뒤 이동장을 안전벨트로 고정하는 게 바람직하다. 그런데 이동장에 들어가는 것도, 차를 타는 것도 고양이에겐 스트레스일 수 있다.

차로 15~20분 정도 거리의 병원에 다닐 땐 보들인 이동장에 넣고, 라미는 이동장으로 차까지 옮긴 뒤 차 안에선 풀어뒀다. 조용한 보들이에 비해 라미는 이동장에 있는 시간이 길어지면 울고불고 난리를 치기 때문. 그래서 이동장으로 이동하는 것도 차를 타는 것도 조금씩 천천히 연습하는 과정이 필요하다는 조언도 많다.

아깽이 시절 편도 다섯 시간의 거리를 다녀온 이후로, 라미와 보들인 병원을 제외하곤 차량 이동을 하지 않았다. 우리나라 대중교통은 이동장에 넣는 조건으로 자유로이 탑승이 가능하다. 객실에 함께 데리고 갈 수 있다는 뜻.

10
똥테러의 고통과 게거품

"뿌우우웅."

새해가 밝은 지 얼마 지나지 않은 날 아침이었다. '무슨 고양이 볼일 보는 소리가 사람 같냐'라고 생각하는 순간, 라미는 설사를 하고 있었다. 어, 그런데 얘가 뒤처리도 제대로 못하고 있었다. 뒷발로 그 똥들을 다 밟고…….

함께 산 지 두 달이 지났지만 볼일 본 뒤 뒤처리를 못했던 적은 한 번도 없었다. "역시 고양인 듣던 대로 깔끔하고 영리하단 말이야." 여기저기 자랑을 하고 다녔는데……. 그대로 들고 화장실로 가 발을 씻겼다. 라미를 내려놓고 마루를 둘러보니, 희미하지만 선명한 볼일의 흔적들이 곳곳에 묻어 있었다. 지난밤에도 설사를 하고, '실수'를 한 모양이었다.

그렇게 팔자에 없던 똥청소를 하고, 바로 병원으로 갔다. 나흘 만에 다시 온 라미를 보자 의사선생님이 "무슨 일 있냐"고 물었다. 닷새 전엔 한쪽 눈이 붓고 눈물이 났었다. 면역력이 떨어져 바이러스성 질환에 걸린 것 같다는 진단이었다. 약만 잘 먹으면 곧 나아질 텐데 다시 병원에 왔으니 수의사도 놀랐던 거다. 지난 연말 차에 태우고 지리산과 경남 창원까지 다녀온 탓인 듯했다. 스트레스가 컸던 모양이다.

"드글드글합니다."

체온을 재고 변을 채취했다(이렇게 쉽게 쓰지만, 까탈스런 고양이의 체온을 재고 변을 채취하는 건 그들에게도 집사에게도 수의사에게도 만만한 일은 아니다). 그러곤 의사 선생님이 말했다. 장 속에 세균이 그렇다는 뜻. 장염이었다. 원인을 알았으니 조금은 마음이 편해졌고, 약 먹일 생각을 하니 그것보다 열 배로 마음이 불편해졌다.

몸에 군살 하나 없는 뱅갈냥 라미는 졸릴 땔 제외하곤 가만히 있는 법이 없다. 올라갈 수 있는 덴 죄다 올라가고, 머리라도 쓰다듬을라치면 고개를 이리 돌리고 저리 돌리고. 그런 애를 붙잡고 약을 먹이는 건 거의 '헬~'이었다.

"① 뒷걸음치지 못하게 고양이를 양다리 사이에 두고, ② 머리 뒤쪽에서 엄지와 중지로 양쪽 입을 살짝 누르면 고양이가 입을 벌립니다. ③ 그때 알약을 목구멍 깊숙이 넣고 입을 막으면 삼킵니다."

참 말은 쉬운데…… ②를 하는 순간 라미는 집이 떠나가라 운다. 정말 죽을힘을 다해 몸부림을 친다. 1.5kg의 몸부림이라고는 상상도 못할 힘이다. '내 입에 아무것도 넣지 말라'며 발톱을 잔뜩 세운 앞발을 휘저어댄다. 아무리 세게 붙잡아도 소용없다. 그러면 알약

캡슐이 터져
게거품 시연 중인 라미

을 손에 쥔 난 마음이 급해진다. '조준'에 실패하면 라미는 무슨 독약이라도 먹은 듯 알약을 뱉어낸다.

출근은 해야겠는데, 약 먹이는 건 계속 실패하고, 발톱에 긁힌 상처에선 피가 나는데…… 순간, '아오, 왜 이런 건 (키우기 전에) 아무도 알려주지 않았을까' 싶었다. 열이 확 받으려는 찰나, 터진 캡슐에서 흘러나온 가루약을 맛본 라미는 정말 말 그대로 '게거품'을 물고 있었다. "쩝, 쩝, 쩝……." 똥테러의 혼란스러움과 약 먹이기의 괴로움과 상처의 아픔은, 모르겠고, 사진을 찍지 않을 수 없었다.

'그래, 사람도 어릴 땐 방바닥에 설사도 하고 가루약 안 먹겠다고 발악도 한다. 쫄지 마라, 람냥. 내가 다 치워줄게. 잘 먹기만 해라.'

그 와중에 보들인 뭐 했냐고? 라미의 게거품이 신기해 살짝 맛보다 놀라 헛구역질을 하고 있었다. 라미의 게거품을 '처리'하느라 미처 그 현장까지 사진에 담지 못해 안타까울 뿐이다.

고양이들에게는 어떻게 하면 즐거운 시간을 보낼 수 있는지 보여줄 필요가 없다.
그 방면에선 이미 확실한 재능을 타고났기 때문이다.
제임스 메이슨James Mason(영국의 영화배우)

우량아 보들이,
호기심 천국 라미

11

자율이냐 제한이냐

다른 반려동물과 비교한 고양이의 위대함은 여러 가지다. 똥오줌을 가리고, 혼자서도 잘 지내고, 시끄럽지 않고…….

또 하나, '실질적'인 장점을 꼽자면 자율급식이 가능하다는 점이다. 그릇에 사료를 한가득 쌓아놓아도 매 끼니 적당량만 먹고 배가 부르면 더 이상 먹지 않는다. 내 밥 차려 먹기도 번거로운 귀차니스트에게 딱이다. 부족하지 않게만 두면 알아서 먹기 때문. 이삼일 집을 비우는 것도 가능한 이유다.

라미와, 이후에 온 보들이도 자율급식을 했었다. 책이나 전문가들도 하루가 다르게 자라는 어린 고양이들에겐 자율급식을 추천했다. 어렸을 때부터 자율급식에 익숙해지면 커서도 식사량을 스스로 조절할 수 있고, 먹고 싶을 때 먹을 수 있다는 인식이 가능해져 식탐이 생기는 일도 방지할 수 있다는 이유 등에서였다. 무엇보다 집사 입장에선 편해서 좋았다.

그러다 라미와 보들이가 돌아가며 장염에 걸리면서 고민이 깊어졌다. 먹는 족족 설사로 나와버리는 상황을 막기 위해 며칠 동안 하루에 세 번, 제한급식을 했다. 그러다 제한급식을 지지하는 글들도 보게

출근 준비 중인 집사를 바라보는 라미와 보들이

됐다. 자율급식의 단점이자 제한급식의 장점도 있었다.

주장인즉 이랬다. 자율급식을 하게 되면, 늘 그릇에 사료가 있다 보니 조금씩 자주 먹게 되고, 그게 더 나아가면 습관적으로 먹는 일에만 집착하게 된다는 것이었다. 먹고 화장실에 가고 또 먹고 화장실에 가는 일을 반복한다는 얘기였다. 고양이의 소화기관이 쉴 틈이 없게 된다고 했다. 고양이의 침과 먼지가 묻은 사료들이 하루 이상 그릇에 방치되는 것도 썩 위생적이진 않았다. 자율급식은 사실상 고양이보다 집사들이 편해서 (사람이) 내린 선택이란 말도 있었다.

그런 이유로 고양이가 1년 이상 자라서 성묘가 된 다음이나, 살이 너무 쪄 다이어트가 필요한 고양이들 중에 제한급식을 하는 경우도 꽤 많았다.

보들이보다는 라미가 좀 더 그랬다. 더 자주 먹고 자주 화장실을 들락거렸다. 좀 터무니없는 상상이었지만, '만약 내가 고양이처럼 조금씩 먹고 조금씩 소화하고 또 조금씩 배출?한다면 어떨까'라고 생각했다. 제한급식을 한번 해보자는 결론이 뒤따랐다.

아침 6시와 오후 2시, 밤 10시. 라미와 보들이의 식사시간은 그렇게 정해졌다. '타이머식기'가 필요했다.

전날 밤 자기 전 아침 6시에 먹을 사료를 타이머식기에 넣고 시간을 맞춘 뒤 잠이 든다. 아침에 일어나 보면 이를 거의 다 먹었거나 조금 남아 있는 상태. 남은 사료들을 보통 그릇에 옮긴 뒤 다시 타이머식기에 오후 2시에 먹을 사료를 넣고 시간을 맞춰둔 뒤 출근한다. 퇴근 뒤엔 밤 10시에 맞춰 밥을 준다. 그리고 다시 아침 6시에 먹을 사료를 타이머식기에 넣는다…….

제한급식 초반엔 사료를 많이 남겼다. 자율급식에 익숙해져 있었으니 당연한 결과. 그러다 점점 한 번에 먹는 양이 늘었고 차츰 거의 남기지 않게 됐다. 자율에서 제한으로의 식사 방식은 천천히 성공적으로 바뀌어갔다. 제한급식 덕분인지 알 순 없으나 제한급식으로 바뀐 뒤 둘은 설사나 장염 등을 앓지 않았다.

얻는 게 있으면(무엇을 얻었는지는 확실치 않지만) 잃는 것도 있는 법. 활동량이 많은 라미는 다음 끼니때가 오기 전에 이미 배가 고파지는 모양이었다. 의도치 않게 식탐이 늘어난 셈이다. 그 피해는 고스란히 집사에게 미쳤다. 라미 앞에선 맘 편히 밥 한 끼 제대로 먹지 못하는 지경에 이르렀다. 물론 라미의 식탐 중 대부분은 호기심에 불과한 것들이었지만.

무엇보다 집사는 하루 세끼 밥 차려주는 스트레스에 시달리게 됐다. 저녁에 회식이라도 있어 밤 10시가 가까워지면 불안해지기 시작했다. 연애도 못할 지경이었다(정말이다, 믿어달라, 굽신~). 덕분에 큰 깨달음을 얻었다.

'매일, 하루 세 번, 다섯 명 가족들의 밥을 차려주셨던 엄마는 얼마나 힘드셨을까'라는 깨달음이었다. "거기에 비한다면 늘 같은 메뉴, 같은 양의 사료를 시간만 맞춰 주는 정도야 뭐……"라며 견딜 수 있었다. 그 깨달음이 없었다면 다시 자율배식으로 유턴해버렸을지도 모를 일이었다.

12
집사의 마음고생, 몸고생

냥바냥. '케바케(케이스 바이 케이스)'의 고양이 버전이다. 고양이 습성이 이렇다 저렇다 하지만 고양이에 따라 일반적 특성을 지니고 있기도 하고 아니기도 하다는, 그래서 키우기 전엔 무슨 일이 벌어질지 잘 모른다는 말이기도 하다.

고양이는 혼자 잘 놀고 차분하다는 믿음은 라미를 만나 산산이 부서졌는데, 둘째로 온 보들이는 또 달랐다. 자랑 같지만, 일단 얘는 너무 순했다. 안아 올리면 꼼짝도 하지 않고 마치 '랙돌(래그돌, 안아 올리면 가만히 있는 게 마치 봉제인형(ragdoll) 같다고 해 붙여진 고양이 품종)' 같았다.

잠잘 때를 빼면 5초 이상 가만히 있질 못하는 라미한테선 꿈에도 상상하지 못하는 반응이었다. 라미와 달리 겁이 많아 보들인 만지려고 하면 뒷걸음쳤지만, 일단 손이 닿으면 마루가 울릴 만큼 큰 소리로 그르렁대며 '골골송'을 불렀다.

발톱을 깎아도 가만히 쳐다보고, 약을 먹이려 얼굴을 붙들어도 보들이는 발톱 한번 세우지 않았다. 라미는 잠에 잔뜩 취해 있어야 겨우 발톱을 깎을 수 있었는데. 그것도 한 번에 하나씩.

자연스레 퇴근 뒤 소파에 앉은 내 무릎은 보들이의 차지가 되었다. 라미는 보들이가 오기 직전쯤부터 전과 달리 무릎에서 잠드는 시간이 줄고 있었다. 그러던 게, 보들이가 오고 나서부턴 멀찍이 앉아 나와 보들이를 지켜보는 시간이 늘어갔다. 어린 고양이는 달마다 성격이 조금씩 바뀐다던데, 그러려니 하면서 아쉽기도 하고 또 미안하기도 했다.

둘은 밥 먹는 스타일도 달랐다. 한 달 먼저 태어났지만 첫째 라미는 둘째 보들이보다 한 번에 먹는 양이 적었다. 먹고 쉬었다 또 먹기를 여러 번 반복해야 한 끼 식사를 끝내는 라미와 달리 상대적으로 통통한 보들인 두어 번에 한 끼 식사를 끝냈다. 사료를 주면 라미는 후다닥 한 '타임'을 먹고 빠졌다가 멍도 때리고 거실도 한 바퀴 돈 뒤에 다시 먹는데, 보들인 그 시간 동안 계속 먹었다.

사료를 한가득 쌓아두는 자율급식이라면 상관이 없겠으나, 습관적으로 먹고 싸는 걸 반복하는 듯해 보들이가 온 뒤부턴 제한급식으로 바꾼 상태였다. 그러니 늘 보들이보다 라미가 적게 먹을 수밖에 없었다.

이래서 선배 집사들이 둘째를 들이면 무조건 첫째부터 챙기라고 그랬나 보다 싶었다. 말 그대로 '냥바냥'이라, 둘째가 들어온다고 모든 첫째들이 스트레스를 받는 건 아닐 텐데, 라미는 활동량이 많아 살이 잘 안 찌는 것일 텐데. 그런 것들을 다 떠나 혼자 독차지할 수 있었던 관심을 나눠주려니 짠한 느낌이 드는 건 어쩔 수가 없었다.

한입만 줘, 한입만

그러거나 말거나, 보들인 나날이 우량해졌고 라미는 나날이 날씬해졌다. 그 '피해'는 고스란히 집사의 몫이 되었다. 정작 제대로 먹지도 않으면서, 호기심 넘치는 참견쟁이 라미의 음식에 대한 관심은 나날이 늘어갔다. 밥상 위로 여러 가지 반찬을 두고 밥을 먹는 게 불가능한 지경에 이르렀다. 국에 말아 먹고, 3분 카레에 비벼 먹고. 그 와중에 뿜어댄 보들이 털에 비벼 먹고. 그걸 또 맛보겠다고 라미는 접시에 올라타고…… 느긋하고 배부른 보들인 이 광경을 고소한 듯 쳐다보고 있었다.

13

함께 살면서 포기한 것들

"틱! 틱……! 벅! 버벅!…… 니아옹."

또 아침인가 보다. 아마 6시 반쯤? 이르면 5시쯤일 수도, 늦으면 7시가 다 되었을 수도 있겠다. 보들이가 오늘도 어김없이 방문을 긁는 소리다.

라미가 오고 두 달 뒤 보들이가 온 직후부터 잠잘 땐 고양이들과 각방을 썼다. 쟤들이 뒤척이면 내가 깨고, 내가 뒤척이면 쟤들이 깨는 통에 밤새 잠을 제대로 자기 어려웠다. 볼일을 본 뒤 가끔씩 뒤처리를 깔끔하게 하지 못하면서 벌어지는 '테러'도 걱정이었다. 그래서 밤엔 각방을 썼다. 난 방에서, 두 냥이들은 거실에서 잤는데 언제부턴가 보들이가 새벽마다 낑낑대며 방문을 두드리기 시작했다. 봄이 시작되고 밤이 짧아지면서 시작됐으니 놀아달란 얘기였다. 지들은 일어났다 이거지.

낑낑대서 거실에 나가면 또 언제 그랬냐는 듯 내겐 아무 관심도 주지 않고 지들 할 일만 했다. 아침 거실은 여전히 쌀쌀했다. 오래 누워 있을 수도 없었다. 웅크리고 마저 눈이라도 붙일라치면 잠은 다 달아나버린 뒤였다.

좋아하는 축구공 앞에서
포즈잡는 보들이

하루 이틀도 아니고, 못할 지경이었다. 그냥 방문을 열어놓기도 했다. 그랬더니 침대를 오르락내리락, 창틀에 뛰어오르고 아주 난리였다. 아, 배신자들. 전날 밤 10시에서 12시 사이에 좀 일찍 잔다 싶으면 더했다.

냥이들과 함께 살면서, 호기심 많은 라미 덕분에 5첩 반상을 포기했고, 아침잠 없는 보들이 덕분에 늦잠을 포기했다.

백번 양보해서, 출근해야 하는 날에야 깨워주니 고맙다고 치지만 평일과 주말이 따로 없는 냥이들에게 "토요일이잖니. 좀 자자"고 아무리 말해봐야 소용이 없었다.

냥이들과의 공동생활 최대의 피해자는 함께 사는 식물들이었다. 털 고르기를 하면서 삼킨 헤어볼을 토해낼 때 도움을 준다는 고양이

풀엔 관심도 없더니, 멀쩡한 다육식물들 잎은 어찌 그리 물어뜯는지. 보들이가 '해먹은' 다육이 하나는 지금도 시들시들 힘겹게 생을 이어가고 있다. 결국 다육이들을 한곳으로 모았고 그 위에 철망을 둘렀다. 그 철망을 걷었다 씌웠다 하기 귀찮아지면서, 안 그래도 잘 주지 않던 물주기 횟수는 더 줄었다.

반찬과 아침잠과 식물과의 공생을 포기해야 한다는, 이런 깨알 같은 얘기는 어떤 집사들도 하지 않았었다. 물론 고양이를 키우기 전 콩깍지가 씌었던 내 눈에 보이지 않았다는 게 맞는 얘기겠지만.

그런데 또 신기하게도 이런 상황들에 적응이 돼갔다. 선배 집사들의 충고를 따라 방문 밖 보들이의 도발을 단호하게 외면하자 문을 긁는 시간이 점점 줄어들었다. 문 긁는 소리도 익숙해지니 또 견딜 만했고 어느 토요일엔 정말 일찍 일어난 덕분에 좀처럼 보기 어려운 조조영화를 보기도 했다. 토요일 조조라니.

사실, 보들이가 문을 긁는 것도 낮에 함께 놀아줄 사람이 없어 내내 잠만 자다 벌어진 일이니 결국 집사의 업보였다. 이를 긍정적으로 승화하는 것도 집사의 업보였다.

배고픈 식물들은? 다행히 때마침 날씨가 따뜻해지면서 이들 역시 베란다 밖으로 나가 맑은 공기를 들이마셨고 비도 맞을 수 있었다. 그래도 먼저 만난 인연인데, 조금만 덜 게을러지기로 했다. 이네들이 무슨 잘못이 있겠는가. 욕심 부린 내가 잘못이지.

14
'사람을 위한' 방묘문과 방묘창

호기심쟁이 라미의 호기심은 쑥쑥 자라는 몸무게에 비례해 커져갔다. 퇴근하고 현관문 앞에 서면 자다가도 벌떡 깨 집사를 맞을 준비를 했다. 그러다 문이 열리면 총알같이 밖으로 튀어나가곤 했다. 라미의 집은 4층이었는데 문밖으로 뛰어나간 라미는 주로 옥상 쪽으로 올라갔다. 그렇다고 또 옥상까지 가진 못하고 반층 정도 올라가선 어디로 가야 하는지 망설이는 식이었다.

이런 라미 때문에 현관을 드나들 때 신경을 써야 했다. 우선 들어갈 땐, 아주 살짝 문을 연 뒤 라미가 문틈 사이로 얼굴을 내밀면 손을 넣어 붙잡아 들고 들어갔다. 나갈 때도 라미는 따라가려 했다. 현관문과 멀찍이 떨어져 있는 걸 확인한 뒤 후다닥 뛰어나와야 했다. 우편물이나 택배를 들고 들어갈 때, 쓰레기봉투를 들고 나올 때 등등, 여간 귀찮은 게 아니었다.

며칠 집을 비워야 할 연휴가 다가오고 있었다. 라미집에 처음 오는 보모 집사들이 이런 '사전 작업'을 하며 현관을 드나드는 게 쉽지 않을 것 같았다. 방묘문을 설치할 때가 온 것이다. 머지않아 발정기가 오면 더 멀리 달아나버릴 수도 있을 테니.

방묘문과 방묘창은 고양이를 키우려면 필수적으로 설치해야 할 것들이다. "방묘문이나 방묘창이 설치되지 않으면 입양이 불가능하다"는 고양이 분양자들도 많다. 고양이도 고양이지만, 사람이 불편해서 참기 어려웠다. 방묘문, 방묘창은 정말 필수다.

방묘문 재료나 설치 방법은 고양이 카페 등을 검색하면 쉽게 찾을 수 있다. 주로 '다xx'의 사각형 네트망을 케이블타이 등으로 이어 붙인다. 포털에 '휀스망('펜스망'보다 이게 더 검색이 잘 된다)'으로 찾아보면 더 큰 것들도 구할 수 있다.

방묘문은 신세계였다. 현관을 드나들 때 두 개의 문을 열고 닫아야 하는 불편함은 있지만, 라미가 튀어나올까봐, 또는 따라 나올까봐 사전 작업을 안 해도 된다는 게 너무 편했다. 신발들이 널브러진 현관 바닥에 보들이가 드러눕는 일도 사라졌다.

방묘문이 라미 '덕분'이라면 방묘창은 보들이 '때문'이었다. 볕이 좋던 한겨울 토요일 오후였다. 청소를 하기 전 환기를 하려고 창문을 열었다. 이중창의 가장 바깥에 얇은 철사로 만든 방충망이 있었다. 찬 바람이 시원했는지 창틀에 올라선 보들이가 방충망 위로 앞발을 쭉 뻗는 순간, 보들이 발톱에 걸린 방충망이 북~~ 찢어졌다.

날이 좀 더 따뜻해져 창문을 여는 일이 잦아지면 설치하려던 방묘문은 그렇게 때 이른 한겨울에 등장해야 했다. 다xx 네트망을 창틀보

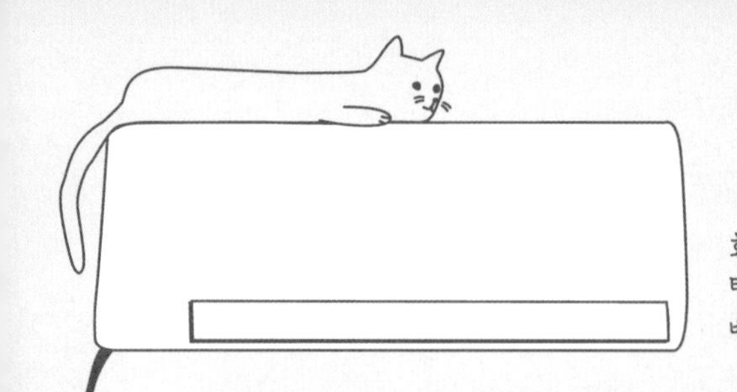

호기심쟁이 라미 씨,
텔레비전을 밟고 뛰어올라
벽걸이 에어컨에 올랐다

다 조금 작게 이어 붙인 뒤 창틀 가장 안쪽에 고정시켰다. 보들이나 라미가 네트망 안으로 발을 뻗어도 방충망에 닿지 않는 위치였다. 자고 일어난 집사가 마루로 나오거나 퇴근하고 돌아오면, 기분이 좋아 흥분한 보들이는 가끔씩 방묘창을 기어오르곤 했다. 다행히 무거운 엉덩이 탓에 정상을 넘어가진 못했다. 사고로 인한 조기 투입이었지만 방묘문 역시 탁월한 선택이었다.

그러고 보니 라미와 보들이가 오기 전, 방묘문과 방묘창 자체가 필요조차 없던 시절은 기억 속에서 사라지고 없었다. '방묘문이고 방묘창이고 간에 혼자 살 때가 좋았다'고 생각할 법도 한데, 그것들의 신묘한 기능에 그저 감탄하고 있는 나 자신이 신기했다.

겨우 3개월 만에, 고양이와의 동거와, 그로 인한 불편이 당연한 일이 되어 있었다.

15
발톱 자국, 집사의 '자격증'

먹고 싸는 것 다음으로 고양이 카페에 많이 올라오는 질문 중 하나는 "발톱을 못 깎겠어요" "발톱을 깎다가 피를 봤어요" 같은 것들이다. 또 그에 못지않게 많은 '인증샷'들이 고양이 발톱에 피를 본 집사(또는 동거인)들의 참혹한 모습이다. 호랑이의 친척, 맹수와 함께 사는 업이라 할 수 있다.

집사가 삼시 세끼 때 되면 챙겨주는 집고양이들에게 사실 사냥 도구인 날카로운 발톱은 쓸모가 없을 것 같다. 딱딱한 마룻바닥을 걷거나 뛸 때 오히려 방해가 될 뿐이다. 물론 어디까지나 이건 사람 중심 생각이다.

고양이는 스트레스를 받거나 반대로 기분이 좋을 때 스크래처에 발톱을 간다. 당장 사냥을 할 일이 없는데도 시간만 나면 발톱을 관리하는 걸로 볼 때, 고양이에게 발톱은 사냥 도구 이상의 의미가 있는 듯하다.

그런 고양이 발톱을, 그들이 관리하게 내버려둘 수만은 없는 이유는 앞에서 말했듯 그냥 뒀다간 언젠가 봉변을 당하기 때문이다. 낯선 사람은 물론이고 집사도 당할 수 있다. 낯선 사람이 당하는 것과 집사가 당하는 봉변은 종류가 다르겠지만.

라미가 어렸을 땐 퇴근하고 돌아오면 반갑다고 다리를 올라타곤 했었다. 등을 보이면 등에, 어깨가 보이면 어깨에 뛰어오르기도 했다. 싱크대 앞에 서 있으면 집사의 어깨를 밟고 그 옆에 있는 냉장고 꼭대기에 오르는 게 라미의 '등반 루트'였다.

그런데 라미의 치명적인 단점은 옷 색깔과 집사의 살색을 구별하지 못한다는 사실이었다. 반바지를 입고 있어도, 윗옷을 입지 않아도, 평소대로 올라탔다. 그러면 집사의 다리와 등과 어깨엔, 보들이가 방충망을 찢은 것처럼, 라미의 발톱 자국이 남는다.

발톱 관리의 필요성을 뼈저리게 느낀 날은 라미가 장염에 걸려 병원에 다녀온 날이었다. 처음으로 라미에게 알약을 먹여야 하는데, 만만치 않을 거라 예상은 했지만 그 정도일 줄은 몰랐다. 라미는 발악에 가까운 저항을 했고, 눈앞에 놓인 알약을 걷어내느라 발톱에 잔뜩 힘을 주고 앞발을 흔들었다. 그 방해 공작들을 뚫고 약을 먹이려 하니 내 손과 팔이 남아날 리가 없었다. 미리 발톱을 깎았음에도 상처를 피할 순 없었다.

그렇게 상처를 입더라도 약을 먹였으면 좋으련만. 라미의 침만 잔뜩 묻어 투약에 실패한 알약을 버리고 새 알약을 꺼내려 할 때였다. 싱크대 아래서 이를 지켜보던 보들이가 무슨 생각이었는지 싱크대 위로 뛰어올랐다. 그때나 지금이나 엉덩이가 무거운 보들인 힘겹게 싱크대에 오르곤 했는데 하필 보들이의 앞발이 닿는 부분에 내 왼쪽 새끼손가락이 있었다. "푹~." 보들이의 날카로운 발톱이 내 새끼손가락을 찔렀다. 정말 푹~ 하는 소리가 들리는 듯했다. 평소 얌전해서 라미보다 발톱 관리를 '약하게' 했던 보들이에게 당한 봉변이었다.

그날 이후 냥이들 발톱을 열심히 깎았지만 집사의 팔이 멀쩡한 날은 없었다. 뭐 그렇다고 그 상처들 때문에 삶이 힘들고 좌절스러웠냐면 또 그런 건 아니다. 라미나 보들이 모두 아깽이 시절이었던지라 보이는 족족 물고 할퀴고 했는데 1kg 남짓 작은 존재들의 몸부림이라 치명적일 순 없었다. 무엇보다 좋아서 그런다는 걸 알고 있었기에, 견딜 수 있었다. 이젠 집사의 손가락에 별 반응도 보이지 않는 두 냥이들을 보고 있으면, 조그맣던 그 시절이 그립기까지 하다.

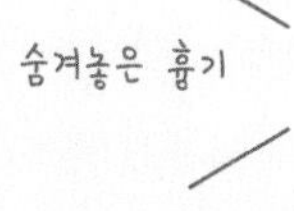

고양이 발톱 깎기

많은 집사들의 고민 중 하나. 보들이처럼 집사가 붙잡거나 껴안고 힘을 주면 가만있는 고양이들도 있지만 라미처럼 한시도 가만히 있지 못하는 애들은 발톱 깎는 것도 쉬운 일이 아니다. 발톱을 깎기 위해 병원에 가는 집사들도 있다고.

라미는, 예나 지금이나, 약간 졸린 상태일 때 주로 발톱을 깎는다. 아깽이일 땐 잠든 후에나 가능했지만 자라면서 조금 나아졌다. 한창 즐겁게 뛰놀 때는 피한다. 한 번에 네 발을 모두 해치우겠다는 생각은, 하지 말아야 한다. 보들이도 그러진 않는다. 고양이들 대부분은, 특히 보들이가 심하다, 발을 만지는 걸 좋아하지 않는다. 거기에 발톱까지 깎으면 스트레스를 많이 받는다고. 갓난아기들 대하듯 해야 한다.

16

매일 밤 양치와의 전쟁

고양이 키우기 전에 아무도 알려주지 않았던 것 중 하나는 고양이 양치질이다. 사람과 마찬가지로 고양이도 나이가 들면 치아가 빠르게 나빠지는데, 평소 양치질을 규칙적으로 하는 것만으로 나이 들어서 앓게 되는 치아와 관련된 많은 병들을 예방할 수 있다고 했다. 고양이를 키우기로 결정하고 예방접종이니 중성화니 하는 것들을 알아갈 때쯤 함께 알았다. '정말, 사람이랑 다를 게 없구먼.'

고양이는 생후 4~6개월이 지나면 유치가 빠지고 영구치가 나기 시작한다. 이 시기를 즈음해 고양이를 양치질에 적응시켜야 한다고 했다. '그렇게 중요한 거라면 매일 해야지, 사람처럼.'

그.런.데. 역시 자유로운 영혼인 고양이는 사람이 붙잡고 하는 모든 것들을 싫어한다. 극도로. 가끔씩 SNS에 올라오는, 꼼짝도 않고 칫솔질을 받아들이는? 고양이 영상에 '현실 집사'들이 "어떻게 이럴 수가 있냐"며 흥분하는 걸 보면, 우리집 냥이들만 그런 건 아닌 듯하다.

생후 2개월에 온 라미는 보들이가 올 때쯤인 생후 4개월부터 양치질을 시작했다. 말이 양치질이지 그냥 집사 손에 묻은 치약을 먹는 정도였다. 그것도 기분이 좋거나 잠에 취했을 때 가능했다. 생기발랄할 때 양치하자고 붙잡으면 약 먹거나 발톱 깎을 때와 마찬가지로 세게 저항한다. 그러면 후다닥 치약만 묻히고 끝내는 식이었는데, 이리저리 발버둥 치다 치약이 입가에도 묻고 코에도 묻고 턱에도 묻고…… 양치하는 시간은, 라미보다 집사가 더 고역이었다.

오~~ 그런데 보들인 또 달랐다. 기본적으로 보들인 집사가 붙잡으면 일단 가만있었다. 분명 '싫어 죽겠다'는 표정이지만, 가만있으면 빨리 끝난다는 걸 아는 것처럼 눈만 끔벅이고 있었다. 유치가 모두 빠지고 칫솔질이 시작됐을 때도 보들이의 '집사 친화적' 태도는 그대로였다. "아, 우리 보들이 같은 고양이들만 있으면 내가 걱정이 없겠다"고, 보들이는 칭찬을 들으며 자랐다.

그러거나 말거나 까탈스런 라미의 양치질은 여전히 어렵다. 분명 어제는 잘 했는데, 방금 전 왼쪽은 잘 했는데, 오늘이 다르고 한쪽 한쪽이 다르다. 라미와 보들이의 양치는 밤 10시 마지막 끼니를 먹은 뒤 하는데, 라미가 밥을 먹은 뒤 얼마나 빨리 졸리기 시작하느냐가 집사의 취침 시각을 결정한다. 밥을 먹고 '우다다'를 한판 한 뒤 차분해져야 양치가 가능하기 때문. 그날따라 낮에 잠을 많이 잤다면 낭패다. 밤 12시까지 이리 뛰고 저리 뛰고 졸릴 기미가 보이지 않으면 별수 없다. 기다릴 수밖에.

퇴근 뒤 약속이 있어 밤늦게 들어가는 날이면, 집 앞에 다다를 때

쯤 걱정이 시작된다. '아, 언제 밥 먹이고, 언제 화장실 치우고 또 언제 양치하고 잘 수 있을까.'

매일 하고 있긴 한데 양치를 제대로 하고 있나 걱정이 되기도 한다. 이빨 안쪽까지 칫솔이 들어가는 건, 라미는 물론이고 보들이도 받아들이지 않으니 주로 바깥쪽 이만 닦는다. 사람 이도 건성으로 닦다 보면 사각지대가 생기기 마련인데, 30초도 안 되는 고양이들 양치질이라니…… 구석구석 잘 닦고 있는지, 장담할 수 없다.

'차라리 사람 아이를 키우고 말겠다'는 얘긴 평소는 물론이고 고양이와 함께 살면서도 함부로 입 밖으로 내뱉지 않는데, 양치질 때만은 예외다.

대여섯 살만 되면 자기 손으로 양치질을 할 수 있는 인간은, 위대하다. "참 한가한 소리 하고 자빠졌다"는, 위대한 부모님들이 혀를 차는 소리가 들리는 듯하다.

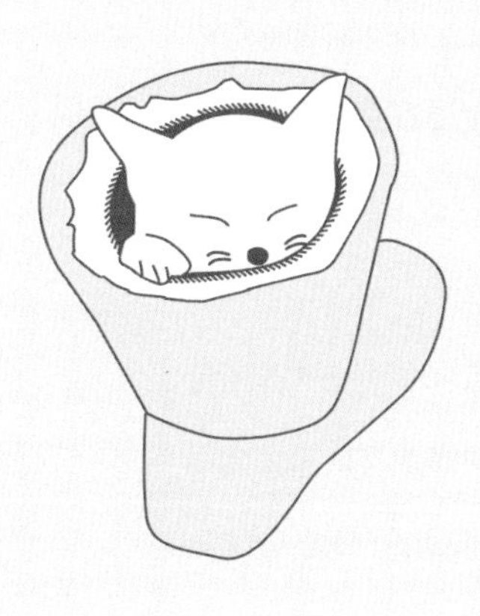

17
양치는 일도 아니다, 약 먹이기

사람과 함께 사는 삶에도 언젠가는 위기가 닥친다는데, 고양이라고 그런 게 없을 순 없었다. 라미, 보들이와 함께 살기 시작한 뒤 처음 찾아온 위기는 '똥테러'였고 다음 위기는 그와 함께 온 약 먹이기였다.

똥테러야 닦고 씻고 하면 해결할 수 있지만, 약 먹이는 건 당시로선 답이 없었다. 게다가 약 먹이기는 똥테러와 떼려야 뗄 수 없는 관계였다. 약을 먹어야 장염이 낫고 장염이 나아야 똥테러가 멈출 것이기 때문이었다.

고양이 혀엔 수많은 돌기가 나 있다. 이 돌기는 고양이가 털을 고를 때(그루밍) 빗 같은 역할을 한다. 사냥한 먹잇감을 먹을 때 뼈와 살을 분리하는 역할도 한다고 한다. 이 돌기들은 입 안쪽 방향을 향해 나 있어 고양이들은 입안에 들어간 것들을 쉽게 뱉지 못하고 자연스레 삼키게 된다. 그러니 고양이 혀 속 깊숙이 알약을 떨어뜨리기만 하면 된다는 것.

이론은 그러한데, 실제와는 너무 거리가 멀었다. 오른손에 알약을 들고, 왼손으로 라미 머리를 붙잡고 검지와 중지를 이용해 입을 벌린다. 붙잡을 때부터 시작된 저항은 입을 벌릴 때쯤이면 극에 달한다.

그 저항을 뚫고 입안에 알약을 떨어뜨리기란 쉽지 않았다.

급하다고 입안에 대충 던져 넣으면 라미는 침이 잔뜩 묻은 캡슐형 알약을 뱉어낸다. 캡슐이 녹은 구멍으로 가루약이 새 나오면 실패다. 가루가 입에 닿는 순간 게거품을 물기 때문.

'이 난관을 어떻게 넘길까' 하고 인터넷을 두드리니 이게 정말 난관은 난관이었던 거다. 고민 중인 집사들도 많았고, 대안들도 많았다. 첫 번째로 선택한 대안은 '필포켓'. 쫀득쫀득한 찰흙 같은, 안에다 알약을 싸서 고양이가 삼킬 수 있게 만든 간식이었다. 기름이 좔좔 흐르는 게 라미가 환장할 게 분명했다. 알약을 숨길 때부터 냄새를 맡고는 빨리 달라고 아우성이었다. 그런데 알약을 감싸고 나니 간식이 너무 컸다. 도저히 어린 라미가 삼키기엔 무리였다. 역시나 라미는 겉만 조금씩 떼어먹다 알약이 드러나면 미련 없이 자리를 떴다. 캡슐을 뜯어 가루약을 숨겨도 봤지만, 소용없었다.

두 번째이자 마지막으로 선택한 대안은 '필건'이었다. 주사기처럼 생긴, 끝부분 고무 패킹에 알약을 살짝 끼운 뒤 고양이의 입에 쑥 넣어 알약만 떨어뜨리는 보조기구였다. 병원 수의사들 중에도 쓰는 분들이 많았다. 하지만 필건이 한 번에 모든 문제를 해결해주진 않았다. 분명 병원 수의사가

초보집사가 처음
약을 먹이던 시절,
손이 멀쩡할 날이 없었다

라미에게 알약 먹이는 과정을 따라했는데 성공률이 채 50%가 되지 않았다. 별의별 팁들을 다 따라했다. 알약에 올리브기름을 바르기도 하고, 라미가 물을 마시기를 기다렸다 (입안이 건조하지 않을 때) 시도 하기도 했다. 그때를 생각하면…… 생각하기도 싫다. 여전히. 돌이켜 보면 긴장한 탓이 컸던 것 같다. 라미는 집이 떠나가라 울고불고, 그 작은 몸이 부서져라 몸부림치는데, 힘으로 누르기가 겁이 났던 거였다.

정말 그러다 뼈라도 부서질 것 같았다. 알약을 떨어뜨리는 순간 혹시 라미가 손을 깨물지는 않을까 겁도 났다. 필건을 목구멍 안쪽까지 집어넣는 것도 무서웠다. 혹시라도 다칠까봐.

물론 라미가 손을 문 적은 없었다. 그냥 저항했던 거지, 저항하기 위해 공격을 하진 않았다. 라미나 나나 그땐 서로 무서웠다.

그날 이후 10개월 가까이 라미가 약을 먹을 일은 생기지 않았다. 앞으로도 쭉 그랬으면 좋겠지만, 다시 약 먹을 일이 생긴다면 이제 그때보단 잘할 수 있을 것 같다. 우린 이미 1년 가까이 같이 살았으니까. 적어도 우린 서로 무서워하진 않으니까.

ps. 왜 보들이 얘긴 없냐고? 보들인 너무 잘 먹는다. 입 벌리고 약 넣을 때까지 꼼짝도 하지 않는다. 약 잘 먹기 대회를 연다면, 서울은 몰라도 서대문구 정도는 보들이가 접수할 게 분명하다.

18
고양이와 싱크대

집안 구석구석 중 라미가 가장 좋아하는 장소를 딱 하나만 고르라면 주저없이 한 곳을 꼽을 수 있다. 하루에도 수십 번 오르내리는 싱크대다. 2개월 아깽이 시절, 라미가 처음 왔을 땐 싱크대는 그림의 떡이었다. 1m 20cm 정도 높이라 라미가 한 번에 뛰어오르긴 벅차 보였다. 그런데 안타깝게도 당시 라미는 하루에도 부쩍부쩍 자라고 있었다. 3주 만에 몸무게가 30% 이상 증가할 만큼 자고 일어나면 어제와는 다른 아깽이가 되어 있었다. 그럴 지경이었으니, 싱크대를 정복하기까지 그리 오랜 시간이 걸리진 않았다.

그런 이후로 집사가 물을 마실 때도, 밥을 해먹을 때도, 설거지를 할 때도 라미는 싱크대를 뛰어올랐다. 가스레인지에 냄비를 올리고 불을 붙여도 개의치 않았다. 다행히 가스레인지 불을 붙이면 바짝 긴장하고 돌아서 다니긴 했지만 보는 집사는 불안했다.

동전이 든 캔을 싱크대 근처에 달아놓기도 했다. 지나가다 건드리면 시끄러운 소음이 나고 그걸 싫어하는 고양이가 싱크대도 싫어할 수 있다고, 어느 수의사가 쓴 책에서 봤기 때문이다. 그런데 웬걸. 소리가 나도 별 신경도 쓰지 않았다. 더군다나 라미가 싱크대에 오를 수 있는 '루트'는 너무 다양했다. 별 소용이 없었다.

극약 처방으로 레몬즙을 섞은 물을 뿌리는 방법도 있다는데 차마 그렇게는 안 했다. 대신 레몬향이 나는 방향제를 사다가 싱크대 곳곳에 걸어두기도 했는데, 역시 무용지물이었다.

주말 집에서 밥을 해먹으면 이렇게 된다. 찌개 하나를 끓이려면 못해도 도마에 야채도 자르고 두부도 자르고 해야 하는데 싱크대에서 그걸 하는 내내 라미가 이리 갔다 저리 갔다 한다고 상상하면, 그 '난리통'을 쉽게 이해할 수 있다. 물을 뿌리면 처음 한두 번은 피하기도 하는데, 그것도 그때뿐이다.

라미가 주말 저녁이면 '떡실신'을 하는 이유도 여기에 있다. 아무래도 주말엔 집사가 집에 있는 시간이 평일보다 많다. 라미는 집사가 부엌 근처로 갈 때마다 따라와서 싱크대에 올라간다. 그러다 냉장고 지붕에 올라가기도 한다. 그런 라미를 내려놓으면 올라가고 내려놓으면 올라가고…… 자기 키의 두서너 배 높이의 싱크대를 쉴 새 없이 오르내린다. 그러니 밤이 되면 평일보다 낮에 잠도 적게 자고 운동도 많이 한 덕분에 떡실신을 하는 것이다. 귀엽기도 하고 짠하기도 하다.

사실 고양이는 얼마나 넓은 공간에 사느냐보다 오르내릴 수 있는 공간이 얼마나 많으냐가 더 중요하다고 한다.

그래서 캣타워를 장만해놓긴 했는데 그것만으로는 턱없이 부족할 게 뻔하다. 날렵한 라미는 텔레비전 뒤쪽 벽에 붙은 벽걸이형 에어컨 위로도 뛰어올라갈 정도니 얼마나 몸이 근질근질할까. 싱크대는 그런 라미가 캣타워보다 더 편하게 오르내릴 수 있는 공간일지도 모른다. 캣타워는…… 보들이와 함께 쓰니까.

이쯤에서 보들이 얘기. 보들이는 어릴 때 싱크대 배수구에서 올라오는 냄새를 좋아했다. 그러다 한번 장염에 걸려 고생한 경험이 있다(그것 때문이었는지는 확실하지 않다).

과거 아깽이 시절 싱크대에 한번 뛰어오르려다 그 위에서 라미 먹일 약을 준비하던 집사의 새끼손가락을 푹 찌른 경험이 있다. 그때나 지금이나 보들이는 어지간해선 바닥에서 싱크대로 바로 뛰어오르지 않는다(먹을 게 있을 땐 예외다). 주로 싱크대 옆에 둔, 과거에 쓰던 화장실 지붕을 계단 삼아 밟고 오른다. 그래서 싱크대는 보들이의 주된 영역이 아니다. 집사에겐 정말정말 다행스런 일이다. 보들이의 출렁 뱃살에 경의를 보낸다.

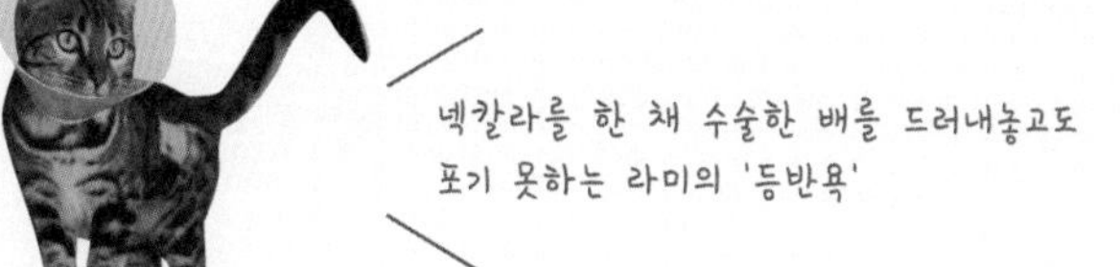

넥칼라를 한 채 수술한 배를 드러내놓고도
포기 못하는 라미의 '등반욕'

19

라미와 보들인 왜 다를까

달라도 너무 다른 둘을 보면서 이런 의문을 가져본 적이 있다. 사람들에게 라미와 보들이에 대한 얘기를 들려주면 다들 묻는 질문이기도 하다. "둘은 원래 그렇게 다른 거예요?"라고. 말하자면 꽤 긴 얘기가 되기에 충분히 하지 못했다.

우선 둘은 품종이 다르다. 강아지로 치면 말티즈, 치와와, 진돗개, 풍산개, 슈나우즈 등등이 품종이다. 외모나 성격 등 다른 종과 구별되는 유전형질 정도로 이해하면 된다.

미국의 고양이 혈통등록협회인 국제고양이협회(TICA: The International Cat Association)가 인정하는 품종은 모두 73개다(협회마다 다르고 새로운 품종이 계속 추가되고 있다).

라미의 품종은 뱅갈(Bengal, 표준어는 '벵골'이라는데 다들 뱅갈이라고 부른다)이다. 국제고양이협회 홈페이지 설명을 보면, 뱅갈은 1963년 미국에서 아시안 삵(Asian Leopard Cat)과 집고양이의 교배로 탄생했다. 라미의 무늬에서 야생의 기운이 느껴지는 건 이런 이유 때문이다.

물론 나를 포함하여 라미를 아는 이들이 궁금한 건 외모보단 성격

(personality)의 기원이다. "둘은 원래 그렇게 다른 거예요?"라는 질문을 달리 말하면, "라미 쟤는 도대체 왜 그래요?"라고 할 수 있다.

성격을 설명한 대목을 봤다. "they(뱅갈은) are active(활동적이다)." "their idea of fun(그들이 재미있어하는 건) is playing(놀고), chasing(쫓고), climbing(오르내리고) and investigating(탐색하는 것이다)……." 뭐 더 이상 설명이 필요 없을 것 같다. 그냥 딱 라미를 설명하는 말들이다. 라미는, 별난 고양이가 아니었던 것이다. 그냥 유전자가 시키는 대로 살아갈 뿐.

보들이의 품종은 브리티시 숏헤어(British Shorthair, 줄여서 브리숏이라 부른다)다. 이름에서 보듯 영국이 고향인 고양이다. 국제고양이협회 설명을 보면, 로마인들이 영국을 침략했을 때 함께 들어간 이집트산 고양이로부터 시작됐다고 한다.

"The chubby-faced(토실토실한) British Shorthair with its chipmunk cheeks(다람쥐의 뺨) and happy smile(행복한 미소)……" 브리숏을 설명하는 첫 문장이다. 그냥 딱 보들이의 외모를 설명하고 있는 듯하다.

성격에 대한 설명 또한 보들이를 두고 하는 말 같다. "These intelligent cats are quiet and unobtrusive……." 조용하고(quiet), 야단스럽지 않은(unobtrusive) 브리숏의 기질을 보들이 역

시 그대로 물려받은 것. 집사인 내가 만지는 것도 싫어하고 텔레비전 선반 뒤로 숨어버리는 보들이 역시 피가 이끄는 대로 살고 있을 뿐이었다.

물론 품종만으로 라미와 보들이를 다 설명할 순 없다. 라미와 보들이가 늘 자신의 유전자가 시키는 대로만 행동하는 것도 아니다. 라미도 가끔 차분히 앉아 있을 때가 아주 가끔은 있다. 보들이 역시 "니아옹~~" 하면서 먼저 다가와 무릎 위에 앉거나 누울 때도 있다.

"정말 어쩔 수 없이 둘 중 하나와 살아야 한다면 누구랑 살래?" 누군가 라미와 보들이 중에 고르라며 이렇게 물어본 적이 있다. 난 "그래도, 얌전한 애가 낫지 않겠어? 보들이랑 살아야겠지"라고 말했다. 라미와 살다 보니 좀 얌전한 친구를 둘째로 들이면 좋을 것 같아 보들이를 데리고 왔다. 만약 보들이와 먼저 살았다면 그냥 조용하고 얌전한 보들이랑 그렇게 계속 살았을까. 상대방이 말했다. "분명 라미(같은 친구)를 데리고 왔을 거"라고.

라미와 보들이가 다른 이유는 어쩌면, 같이 살기 때문인지도 모르겠다. 둘 다 활동적이기만 하면, 둘 다 조용하기만 하면 그네들도 재미없지 않을까. 내가 그렇듯이.

다른 날 다른 곳에서 태어났지만
같이 자라는 라미와 보들이

20
고양이의 마법, 그루밍

'관리의 대상'으로서 고양이의 위대함 중 하나는 잦은 목욕이 필요 없다는 점이다.

고양이의 양대 일과는 잠과 몸단장(그루밍)이라 해도 과언이 아닐 정도로 고양이는 시간만 나면 때와 장소를 가리지 않고 온몸 구석구석을 혀로 핥는다.

고양이가 그루밍을 하는 이유는 여러 가지다. 털에 묻은 이물질을 제거하기도 하고 '죽은 털'을 떼어내는 목적도 있다. 정서적인 이유도 있다고 한다. 친근감을 표시하거나 불안한 마음이 생겼을 때 안정을 찾기 위해 그루밍을 한다고 한다. 보들이도 기분이 좋을 때면 집사의 손가락이나 다리를 핥을 때가 있다. '집사 니가 좋아'라고 말하는 것 같다.

자기 몸만 핥는 건 아니다. 라미나 보들이도 꽤나 자주 서로의 얼굴과 몸을 핥아줄 때가 있다. 사람이 쓰다듬어줄 때보다 그들끼리 서로 그루밍을 해주는 게 비교할 수 없을 만큼 큰 정서적 안정감을 준다는 얘길 들은 적이 있다. 때론 그루밍으로 시작해 점점 거칠어지다 레슬링까지 이어지는 경우도 많다.

그루밍 덕분에 라미나 보들이 모두 가까이 가서 몸에 코를 들이대도 불쾌한 냄새 따위 나지 않는다. 함께 살기 시작한 이후 1년이 가까워질 때까지 목욕을 하지 않은 이유다.

아무래도 털이 많아서인지 보들이가 라미보다 훨씬 그루밍에 더 많은 시간을 쓴다. 라미가 싱크대를 오르내리고 집사를 귀찮게 하는 그 시간 대부분을 보들이는 그루밍을 하면서 보낸다. 그래서인지 보

캣타워 꼭대기에 올라
단장 중인 보들이

들이는 자기 몸에 손대는 걸 달갑게 여기지 않는다. '내가 매일같이 물고 핥는 내 몸을 니가 왜 만지냐' 이거지. 오동통한 발이라도 한번 만질라치면 급하게 잡아 빼는 것도 모자라 구석에 가서 핥고 또 핥는다. 만져달라고 할 때만 만져라 이거다.

그루밍의 단점이자 '역효과'가 하나 있긴 한다. 바로 헤어볼이다. 털을 고르다 보면 자연스럽게 털을 삼키게 되고 소화되지 않는 털이 뭉치면 구토를 통해 배출해야 한다(가끔 큰 볼일에 섞여 나오기도 한다). 희한하게도 그루밍은 보들이가 훨씬 자주 하고 몸에 털도 많은데 구토는 라미가 더 자주 한다.

헤어볼을 토하는 장면을 처음 봤을 땐 놀라기 마련이다. 갑자기 두 눈이 튀어나올 듯 헛구역질을 몇 번 하다 위액 같은 것을 뱉어낸다. 거기 보면 자잘한 털들이 섞여 있다. 보들이가 헤어볼을 토하는 장면은 아직 본 적은 없다. 다만 보들이 털로 보이는 뭉치가 마루에서 몇 번 발견된 적이 있어, '이게 보들이 헤어볼이구나' 하고 짐작한다. 라미가 뱉은 헤어볼이 그냥 털 몇 가닥이라면, 보들이 헤어볼은 큰 강낭콩 만하다. 저게 어떻게 배 속에 있었나 신기하다.

헤어볼 배출에 고양이풀(캣그라스)이 좋다고 하여 심어서 싹을 틔워 대령해봤지만 잡아당기기만 할 뿐 별 먹는 걸로 여기진 않는 것 같았다. 얘네들의 털 관리에 나도 뭔가 도움을 주고 싶은데…… 자주 빗어주면 좋다고 하는데, 라미는 가만있지를 않고 보들이는 만지는 게 싫다고 하니 그것도 여의치 않다(사실 이건 핑계다). 마치 고양이가 자기네들끼리 그루밍을 하듯 입에다 빗을 물고 고양이 털을 빗겨주는 어느 집사의 영상을 본 적 있는데…… 설마, 그렇게까지 해달라는 건 아니겠지?

고양이는 세상 모두가 자기를 사랑해주길 원하지 않는다.
다만 자기가 선택한 사람이 자기를 사랑해주길 바랄 뿐이다.
헬렌 톰슨Helen Thompson(영국의 예술가)

우리 냥이가 달라졌어요

21

고양이도 변한다

라미가 생후 2~3개월 아깽이 시절엔 손가락만 보면 달려들어 깨물었다. 아프진 않은데 걱정이긴 했다. 커서도 이러면 어쩌나 하는 걱정이었다. 고양이에게 할퀴을 당하거나 깨물려 입은 상처를 찍은 사진들을 심심치 않게 봐왔다. 내 고양이가 주인을 무는 고양이가 되는 건 생각하기 싫었다.

"이갈이 시기 고양이들은 눈에 보이는 것들을 깨물곤 한다"고, 고양이 책이나 카페 선배 집사들은 말했다. 이때 "아야" "하지마" 따위로 야단을 쳐봐야 고양이는 알아듣지 못한다고 했다. 오히려 '그래~ 좋아~ 계속해'로 받아들인다고. 그럴 땐 고양이를 마루에 두고 집사가 방에 들어가 문을 닫은 뒤 5분 정도 있다 나오는 게 효과적이라고 했다. 깨물면 혼자 있게 되니, 그 행동(깨물기)을 하지 않게 된다는 '논리'였다.

그래서 라미에게도 시도해봤는데, 역시 별 효과는 없었다. 되도록 고양이 눈앞에 손을 들이대지 않는 걸로 대처를 했다. 그러다 보들이가 오고 난 뒤 라미의 손 깨물기는 흔적도 없이 사라졌다. 눈앞에 손을 가져가도, 좋다고 비비기만 할 뿐 예전처럼 관심을 보이지 않았다.

이빨이 다 자랐기 때문일 수도, 같이 놀 친구가 생겼기 때문일 수도, 아깽이 시절이 지났기 때문일 수도 있겠지만, 알 순 없다.

식성도 바뀐다. 라미는 고양이들의 마약 간식이라는 '차오○○'에 별 관심이 없었다. 라미나 보들이 모두 생후 6개월 중성화 수술을 하기 전까진 간식을 주지 않았다. 사람 간식과 마찬가지로 고양이 간식들이 대부분 너무 짜고 자극적이어서 되도록 주지 않으려 했었다. 그러다 선물로 차오○○을 받아 짜서 줘봤는데 라미는 킁킁 냄새만 맡더니 고개를 돌려버렸다.

보들이에겐 횡재였다. 두어 번 주고 잊고 있다 서너 달 뒤 다시 줘봤는데, 웬걸, 라미가 기를 쓰고 달려들어 먹기 시작했다. 먹다 안 먹는 것보다 안 먹다 먹는 게 나은 일이긴 한데, 그릇을 나누지 않으면 보들이에겐 '국물도 없을' 정도였다. 불행인지 다행인지 선물로 받은 걸 다 먹은 뒤엔 아직 차오○○을 사지 않았다.

안 그럴 것 같지만 외모도 바뀐다. 어렸을 적 라미 얼굴은 지금보다는 덜 예뻤다(라미야 미안~). 얼굴 크기에 비해 눈이 너무 크고, 이마에서 코로 내려오는 라인이 너무 두꺼워 미묘상이 아니었다. 그러다 눈 아래 볼살이 조금 붙으면서 얼굴이 더 '조화'롭게 바뀌었다. 아, 물론 그렇다고 어렸을 때 외모에 불만이 있었다는 건 절대 절대 아니다. '역변'을 하는 냥이들도 있다던데, 그게 아닌 게 어디람.

그럼에도 불구하고 잘 안 바뀌는 것들도 많다. 한시도 가만있지 못하는 라미의 'ADHD(주의력 결핍 과잉행동장애)적' 성격은 예나 지금이나 그대로다. 집사가 퇴근 뒤 돌아오면 "왜 이리 늦게 와~~~ 빨리 밥 내놔~~"라며 대형 화장실 지붕에 올라가 울부짖는 것도 그대로다. 집사가 주말 집에 있는 날이면, 부엌으로 갈 때마다 따라와서 이거 맛보고 저거 맛보고, 내려놓으면 올라오고 내려놓으면 올라오는 바람에 일요일 저녁쯤 되면 '떡실신'하는 것도 그대로다.

바뀌기는커녕 더 강해지는 점도 있다. 언제나 뚱한 표정으로 머리라도 쓰다듬을라치면 깜짝깜짝 놀라는 보들이의 소심함은 시간이 흐를수록 더하는 중이다.

그리고 무엇보다 결정적으로, 라미와 보들이는 갈수록 점점 더 귀여워지고 있다.

점점 예뻐지는 중인 라미 씨

22 젤리와 모찌와 뽕주댕이

만약 당신이 집사라면, 고양이 몸에서 가장 귀여운 곳을 한 곳만 꼽으라면 젤리와 모찌와 뽕주댕이 중 어느 하나를 고를 수 있을까? 고양이를 좋아하는 이들이 열광하는 고양이 신체 부위가 바로 젤리와 모찌와 뽕주댕이다.

젤리는 고양이 발바닥이다. 두텁고 말랑말랑한 살덩어리가 있어 만져보면 말캉한 젤리 같아 다들 그렇게 부른다. 높은 곳에서 떨어질 때 쿠션 역할을 한다. 소리 없이 사냥감에 접근할 수 있는 이유 중 하나이기도 하다.

코를 제외하면 고양이 신체 중 털로 뒤덮이지 않은 거의 유일한 부위다. 그래서 집사에겐 좋은 장난감?이다. 만지면 말랑말랑한 느낌이 아주 좋다. 고양이마다 색도 제각각이다. 핑크색 젤리가 많지만 라미처럼 검은색 젤리도 있고 보들이처럼 보라색 젤리도 있다.

털로 덮여 있지 않아서인지 고양이에겐 민감한 부위이기도 하다. 쉽게 건조해지거나 상처를 입기도 한다. 건조를 막아주는 보습제도 있다. 젤리 사이로 털이 자라면 젤리의 '브레이크' 기능이 제 역할을 못하기 때문에 털을 깎아줘야 한다는 이도 있다.

모찌는 찹쌀떡의 일본어. 뭉툭하고 통통한 고양이 발을 위에서 보면 마치 잘 빚은 찹쌀떡 같아서 다들 그렇게 부른다(모찌라는 고양이 이름도 많다). 많은 이들이 고양이에 '홀릭'하는 이유 중 하나가 바로 이 귀엽고 통통한 발 때문이다. 고양이 발 사진만 모아놓은 게시물도 많고 고양이 발 덕후를 자처하는 이들도 많다.

뽕주댕이는 고양이 입 주변 수염 난 부분이 마치 '뽕'을 넣은 것처럼 튀어나와 있어서 그렇게 부른다. 얼굴이 통통한 고양이일수록 '뽕주댕이'가 도드라진다. 수염 난 부분만 아예 색이 다른 고양이들도 많다. "뽀뽀하면서 뽕주댕이를 깨물면 아프다고 야옹하는데 그게 얼마나 귀여운지 몰라요." 집사들 마음이 다 비슷하다.

물론 아직 라미와 보들이의 뽕주댕이를 깨물어보진 못했다. 라미는 얼굴이며 온몸에 좀처럼 살이 붙는 성격이 아니라서 뽕주댕이가 그리 발달하지 않았다. 보들이는 어렸을 땐 볼이 통통했는데 자라면서 얼굴엔 다른 곳만큼 살이 찌지 않았다.

대신 잠들었을 때 보들이 젤리 만지는 그 맛?은 쏠쏠하다. 고양이에게 발은 사람으로 치면 손 역할을 할 테니, 중요할 수밖에 없고 그래서인지 아주 민감하게 반응한다. 발톱 깎는 게 힘든 건 그런 이유도 있을 것이다. 보들이는 어지간히 깊은 잠에 빠지지 않고선 발을 만지면 슬그머니 뺀다. 반면 라미는 발톱만 안 깎으면 크게 저항하진 않는다.

보들이의 모찌모찌

퇴근 후 마루에 들어서면 라미는 반갑다고 캣타워에 올라가 '환영 의식'을 해달라고 조른다. 손을 뻗어 얼굴을 만지고 입 주위를 만지고, 그러다 라미의 침이 손에 묻기도 한다. 때로는 코와 코를 비비다 라미의 침이 내 입에도 묻는다. 반갑다며 내미는 라미와 보들이의 모찌는 그네들이 화장실에서 볼일을 보고 모래를 덮을 때 쓰던 그 발이다.

조카들 기저귀 한번 갈아준 적도 없으려니와, 조카들과 '침을 나눈' 애정 표현 한번 하지 않았던 내가, 고양이들과 이러고 살고 있다는 게 여전히 신기하기만 하다.

젤리와 모찌와 뽕주댕이뿐만 아니라 벌름거리는 코와 찰랑거리는 꼬리와 '반전 뒤태'마저 사랑스러운 것 역시 신기하긴 마찬가지다.

23
애증의 맛동산과 감자

"맛동산과 감자는 역시 캐는 맛이죠."

고양이를 데려온 뒤, 처음 캐는 감자와 맛동산의 감동은 경험해보지 않으면 알 수 없다. (주로 맛동산보다 감자를 먼저 수확하게 되는데) 감자나 맛동산을 수확하기 시작했다는 건, 우리집에 온 고양이가 적응을 시작했다는 뜻이기 때문이다. 비교적 건강하게.

맛동산은 '큰 볼일'을 감자는 '작은 볼일'을 가리킨다. 맛동산은 고양이 큰 볼일의 색이나 모양, 크기가 정말 그 과자처럼 그렇게 생겨 붙은 별칭. 감자는 고양이 소변을 흡수한 모래가 굳으면 둥글둥글 감자처럼 생겨 그렇게 부른다.

라미는 딱 한 번 아깽이 시절에 화장실이 아닌 냉장고 옆에다 '큰일'을 본 적이 있다. 스트레스를 받거나 발정기가 오거나 몸에 이상이 생겼을 때 그렇게 사고를 친다고 하는데, 당시 라미에게 어떤 자극이 있었는지는 알 수 없다. 그 이후로 화장실이 아닌 곳에서 볼일을 본 적은 없다. 보들이 역시 집에 왔던 그날부터 화장실을 잘 사용했다. 고양이 카페나 페이스북 페이지엔 이 볼일 문제로 골머리를 앓는 집사들의 사연이 하루에도 여러 개가 올라온다.

고양이는 볼일을 본 뒤 자신의 흔적을 숨기기 위해 모래로 덮는 습성이 있다. 그런 이유로 생각보다는 응가 냄새가 심하지 않다. 의외로 맛동산보다 감자의 냄새가 더 독하다. 맛동산은 말라 굳으면 거의 냄새가 나지 않는데 감자는 냄새가 오래간다. 라미와 보들이의 화장실 안엔 1층과 2층 사이 '복도'에 천연 탈취제를 뒀다. 냄새를 얼마나 빨아들이는지는 사실, 이젠 두 냥이의 냄새에 적응이 돼버려 잘 알 순 없다.

두 고양이는 맛동산과 감자를 생산하는 스타일이 서로 다르다. 성질 급한 라미는 모래를 파지도 않고 큰일을 보기도 한다. 그러곤 제대로 덮지도 않는다. 마루에 앉았는데 어디서 고약한 냄새가 폴폴 난다면 십중팔구 라미가 큰일을 보고 뒤처리를 제대로 하지 않은 탓이다. 화장실에서 후다닥 뛰어나오느라 발가락 사이에 모래를 묻혀 나오기도 한다.

나란히 물 먹는 라미와 보들이,
둘의 체형이 점점 멀어지는 중이다

보들이는 늘 화장실 바닥까지 모래를 파서 그곳에다 큰일을 보는데, 자기 몸이 커진 걸 잘 모르는지 조준이 늘 조금씩 빗나간다. 대신 아주 성실하게 모래를 덮는다. 기특하게 라미의 볼일을 덮고 나올 때도 많다.

맛동산과 감자가 중요한 진짜 이유는, 집사가 고양이와 '대화'할 수 있는 거의 유일한 수단이기 때문이다. 말을 할 수 없을뿐더러 고양이는 어디가 아파도 잘 드러내지 않고 숨기는 경우가 많아 화장실 청소할 때마다 감자와 맛동산을 유심히 살펴봐야 한다. 볼일을 본 뒤 시간이 지나면 모래와 함께 굳어버리거나 색깔 파악이 어려울 때도 많다.

그래서 퇴근 뒤 맛동산과 감자를 캐는 시간은 긴장된다. 볼일 보는 모습을 지켜볼 때도 마찬가지. 보들이가 새로 온 뒤 얼마 지나지 않아 두 냥이가 나란히 겪었던 장염과 똥테러의 시작도 설사였다. 그 기억의 트라우마가 워낙 강해 모양이 흐트러진 맛동산을 발견하면 긴장되고 걱정된다. '오늘 밥을 좀 많이 먹었겠지' '좀 무른 거겠지' 하는 주문을 외기도 한다.

설사 끝에, 모양이 온전한 맛동산을 수확했을 때 그 기분이란. 희열 그 자체다. "변이 황금색이네!"라며 기뻐하는 엄마 아빠의 기분, 딱 그대로다.

24

수술을 했다, 라미가 목 놓아 울었다

그날은 어느 날 갑자기 왔다. 3월 중순 보들이에게 구충제를 먹이러 병원에 간 날이었다. 수의사 선생님이 그랬다.

"이제 날 따뜻해지면 얘네들(라미와 보들이) 발정 올 텐데, 수술 날짜 한번 봐드릴까요?" 어느덧 라미는 생후 7개월, 보들이는 6개월을 지나고 있었다. 언젠간 겪어야 할 일이었다.

2주 뒤로 잡았다. 둘 다 암컷이라 비록 1cm 남짓이지만 배를 째야 하는 대수술이었다. 수컷들은 피부조직만 절개하면 된다는데…… 별 생각 없이 첫째를 암컷으로 들인 뒤 '혹시 발정기가 다가와 의도치 않게 눈이 맞을까봐' 둘째마저 암컷으로 들인 게, 처음이자 아마 마지막으로, 후회됐다. 얼마나 아플까.

좀 천천히 왔으면 하는 날일수록 금방 다가왔다. 물과 사료를 먹지 못한 전날 밤부터 짠하기 시작했다. 역시나 성질 급한 라미는 피검사를 할 때부터 병원이 떠나가라 울어 젖혔다. 수술하기 전 수의사 선생님이 설명을 했는데, 검사 결과만 봐도 둘의 성격이 보인다고 했다.

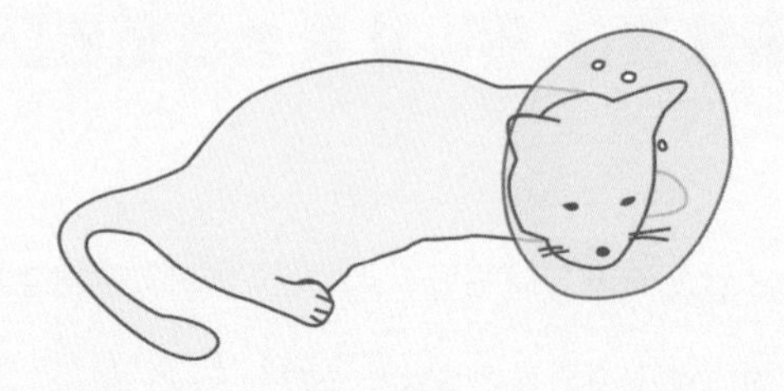

쉽게 말해, 라미는 급하고 까칠하면 높게 나오는 간수치(?) 같은 게 정상 범위를 넘나들고 있었다.

수술엔 30분, 이후 마취가 깨는 데 두세 시간이 더 걸린다고 했다. 집으로 돌아와 시계만 쳐다보며 기다렸다. 세 시간쯤 뒤 다시 병원으로 갔을 때 목이 쉰 라미에게선 쇳소리가 났다. 마취약에 취해 있을 때를 제외하곤 계속 울었다고 했다. 보들이는? 전 과정을 통틀어 "냐아옹~" 하고 한 번 울었다고 했다. 저렇게 시끄러운 고양이와 조용한 고양이는 각각 처음 본다고 했다.

라미는 집에 오는 길 내내 목이 쉰 상태에서도 끊임없이 울었다. 겨우 집에 풀어놓으니 여기 툭, 저기 툭 넥칼라를 찬 줄 모르고 걸어가다 부딪히기 일쑤였다. 휘청대거나 느릿느릿 걷다가 넘어지기도 여러 번. 처음엔 소파에도 뛰어오르지 못했다.

"건강하게 오래오래 살려면 한 번은 겪어야 하는 거"라고, 위로를 했지만 깨방정 라미가 옴짝달싹 못 하고 누워 있는 모습을 보니 또 짠했다. 때는 바야흐로 봄날이거늘, 한없이 무기력한 고양이들이라니…… 짧으면 10년, 길면 15년쯤 뒤 얘네들이 늙고 병들었을 때를 미리 보는 것 같았다.

무엇보다 안타까운 건 넥칼라를 찬 탓에 그들 삶의 일부인 그루밍을 못 한다는 점이었다. 수술 부위는 아프면서도 간지러울 텐데 거길 보지도 핥지도 못 하는 모습이, 지켜보는 내가 안타까워 못 견딜 지경이었다. 이래서 수의사 선생님이 "절대 마음 약해져서 넥칼라 빼심 안 됩니다"라고 당부했던 거였다.

그런데 역시나 이 무기력함과 안타까움은 반나절을 넘기지 못했다. 짧으면 하루, 길면 이틀 정도 힘없이 있을 거라고 했는데 저녁이 되자 평소처럼 싱크대를 쉼 없이 오르내리고 서로 레슬링까지 하면서, 지들이 개복수술을 했단 사실을 잊은 듯 보였다. 얼굴이 '넙데데'한 보들인 혓바닥이 물에 닿기 전에 넥칼라가 접시에 걸려 물을 잘 먹지 못했는데, 그게 또 얼마나 웃긴지. 넥칼라 둘레보다 훨씬 큰 냄비에 물을 담아줬더니 반쯤 먹다 또 장난을 치질 않나.

그래, 고생했으니 실컷 뛰어놀아라. 묘생 최대의 이벤트를 잘 넘겼으니, 건강하게만 자라다오. 수술비 76만원쯤 아깝지 않……으니. 흑흑.

수술 뒤 고양이에게

넥칼라는 절대 마음 약해져서 풀어주는 일이 없어야 한다. 고양이는 집요한 동물이라 어떻게든 상처 부위를 핥고 물고 뜯는다.
대신 시간이 날 때마다 한 마리씩 돌아가며 넥칼라를 빼 물이나 사료를 편하게 먹을 수 있게 했다. 넥칼라를 빼면 아마도 가장 먼저 그루밍을 할 것이다. 그땐 잘 지켜보다 상처 부위로 혓바닥을 가져가면 다시 넥카라를 채워야 한다.
넥칼라를 차고 있는 동안은 특히 더 많이 만져주고 털도 빗겨주는 게 좋다. 그렇게 만져주고 빗겨주면서 그 기간 동안 고양이들과 더 친해지는 느낌을 받기도 했다. 물론, 느낌일 수 있겠지만.

25

“이모들이 너넬 업어 키웠단다”

한때 세상엔 두 종류의 사람이 있었다. 내게 소개팅을 해주는 사람과 그렇지 않은 사람. 이제 그 사람들의 소개팅 밑천도, 나의 인맥도 다 바닥났다. 대신 다시 두 종류의 사람이 생겼다. 라미와 보들이의 보모 역할을 할 수 있는 사람과 그렇지 않은 사람.

고양이와 함께 살면 명절이나 휴가 때 긴 시간 집을 비우는 게 불가능하다는 얘긴, 각오하고 있었다. 그런데 각오한다고 명절이 오지 않는 것은 아니었다. 냥이들에게 아늑한 보금자리가 필요한 것처럼 내게도 명절이면 엄마의 따뜻한 밥이 필요했다. 한 달짜리 휴가는 못 가더라도 벚꽃 피면 섬진강에 자전거 라이딩도 가야 했고, 지리산 둘레길도 걸어야 했다.

화장실과 사료, 물만 잘 마련해두면 길게는 2박3일까지 집을 비워도 되는 게 고양이 키우기의 장점?이라고 말하는 사람도 있었다. 사료야 뭐 평소에도 자율배식을 하는 냥이들이 대부분이니 쌓아두고 가면 큰 문제될 게 없었다.

문제는 화장실과 물. 120리터 리빙박스 두 개를 붙여서 만든 라미와 보들이의 화장실은 아마 서울 서대문구 안에선 가장 크겠지만, 아

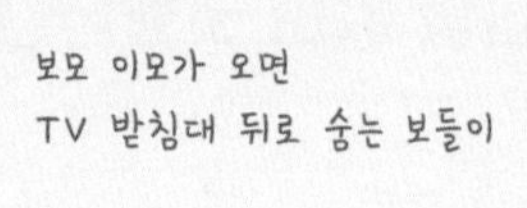

침에 청소를 한 뒤 저녁 늦게 들어가면 맛동산과 감자가 한가득이다. 3일 동안 안 치우면 아마, 모래 반 똥오줌 반이 될 것이다. 까탈스런 라미는 접시에 담긴 물도 반나절만 지나면 더럽다고 안 먹으니 감자는 좀 적을지도 모르겠다.

그래서 보모 이모들의 핵심 세 가지 임무가 밥 주고, 물 갈아주고, 화장실 청소해주는 것이다. 다행히 지금껏 방문한 보모 이모들 대부분이 냥이를 키우거나 키웠거나 좋아하는 이모들이라 이들은 이 세 가지 임무를 후다닥 해치운 뒤에 라미와 사진을 찍거나 구석으로 숨는 보들이를 쫓으며 '힐링'을 하고 돌아갔다(고 믿는다).

물론 아주 작은 해프닝은 있었다. 냥이를 키워본 적 없는 J이모는 화장실을 치우면서 별생각 없이 코를 들이밀다 그날 내내 심한 두통에 시달렸다. Y이모는 밥을 주고 있는데 라미가 등에 올라타는 바람에 놀라 자빠질 뻔했다고 한다.

냥이들도 할 말은 있을 거다. 일단 밥그릇에 하루치의 절반을 채우고 나머지 절반은 타이머식기에 담은 뒤 12시간 뒤에 열리게 맞춰야 하는데, 다음 날 저녁 그러니까 밥 먹어야 하는 시각으로부터 12시간이 지난 뒤 내가 도착했을 때까지 열리지 않은 적도 두! 번! 있었다. 24시간 동안 아무것도 못 먹었다는 뜻. 뭐 아무렴 어쩌랴. 냥이들에겐 미안하지만, 이모들에겐 와서 봐준 것만도 고마울 따름이다.

예전 어른들은 "애들은 동네가 키운다"고 했다. '겨우' 냥이들을 키우면서도 이 말을 실감하는 중이다. 머지않아 라미와 보들이의 한 살 생일이 되면 이 고마운 보모 이모들을 모시고 감사의 생일상을 차릴 작정이다.

일단 그 전에 여름휴가를 넘겨야 한다. K이모, J이모1, J이모2, Y이모, P이모…… 우리 집 현관 비번 알죠? 그대로예요.

아, '왜 보모들이 죄다 이모들이냐'고 물으신다면…… "라미와 보들이가 같은 성별의 이모들을 편하게 생각해서"라고 답하겠다. 별 이유는 없다는 뜻. 삼촌도 대환영이다.

고양이를 두고 떠나야 할 때

적어도 하루에 한 번은 누군가 와서 '필수 3가지 케어' 즉 밥 주고, 물 주고, 화장실 치워주는 일을 해줘야 한다. 2박3일, 길게는 3박4일까지 혼자 두고 여행을 다녀왔다는 집사들도 많이 봤지만, 고양이의 생명력은 그 이상일 수도 있겠으나, 일단 집사 스스로가 걱정이 돼 다른 일을 할 수가 없다.

그래서 가까이 사는 보모들을 많이 '확보'하는 게 가장 중요하다. 가장 바람직한 건 집사들 공동체를 만들어 서로 탁묘 품앗이를 해주는 것이다. 현재 집사가 아니더라도 고양이를 크게 싫어하지 않는다면 필수 3가지 케어 정도는 할 수 있다. 라미와 보들이에겐 현직 집사뿐만 아니라 전직 집사와 고양이를 좋아하는 이모들이 보모 역할을 해줬다. 최근엔 동물병원을 공동 운영하는 협동조합들도 생겨났고, 조합원들끼리 탁묘 품앗이도 해준다고 하니, 이를 알아보는 것도 방법일 수 있겠다.

26

보모 이모들 이야기 1_K이모

K이모는 집사의 회사 동료이자 후배다. K이모는 대학생 시절 친구와 함께 자취를 하면서 고양이 두 마리, '달풍이' '완두'와 함께 산 경험이 있다. 그 고양이들은 지금 K이모의 오빠와 함께 살고 있다.

이런 이유로 집사가 예비 집사일 때, 집사가 될까 싶어 최초로 말을 꺼낸 사람이 K이모였다. 집사가 예쁜 고양이 사진들을 메신저로 보낼 때마다 K이모는 "곧 입양하겠군요!"라는 예언을 남발했다. 만약 그때 K이모가 "고양이 키울라고요? 쉽지 않을 텐데……"라고 했다면 집사는 마음을 바꿨을지도 모른다.

그래서 라미가 '똥테러'를 저지르고, 보들이 털이 마루를 뒤덮었을 때, "아, 이런 건 왜 아무도 알려주지 않았냐"며 한탄할 때, 집사가 아주 잠깐 원망했던 사람도 K이모였다.

아무것도 모르던 집사가 라미를 데리고 오기 전에 어떤 것들을 장만해야 하는지 물어본 사람도, 라미가 오고 나서 너무 기쁜 마음을 자랑하고 싶어 사진을 퍼뜨린 사람도 K이모였다. 물론 '함께 산 지 너무 오래됐다'는 K이모는 실질적인 도움은 크게 되지 않았다. 사막화가 뭔지도 몰랐다.

대신 심리적 지지자를 자처하며 라미와의 동거를 마치 자기 일처럼 기뻐했다. 라미의 '까망 젤리' 사진에 열광하고 고급 발톱깎기도 선물했다. 라미와 보들이 페이스북 페이지를 만들라고 부추긴 사람도 K이모였다. '좋아요'와 댓글 수도 K이모를 당할 자가 없다.

라미와 보들이가 사는 동네와 가까운 데 산다는 이유로 보모로 가장 자주 와준 사람도 K이모다. 여러 보모 이모들이 있고 모두가 라미, 보들이, 집사에겐 고마우신 분들이지만 자주 와준 순서대로 번호를 매긴다면 K이모는 '1번 보모'인 셈이다.

고양이와 함께 살아본 경험이 있어서인지 라미, 보들이와 놀아주는 스킬은 다른 보모 이모들과의 비교를 불허한다. 특히 장난감으로 놀아주는 걸 좋아한다. 라미가 환장하는 깃털 장난감 흔드는 손목 스냅이 뛰어나다.

보들이에 홀릭한 K이모, 이를 강하게 눈빛으로 거부하는 보들이.

낮엔 하루 종일 혼자 있어야 하는 라미를 걱정하는 집사에게 "곧 둘째 들이시겠구먼요"라고 한 사람도 K이모였다. "자고로 고양이는 뚱냥이"라는 K이모는 보들이가 오고 난 뒤엔 보들이의 열렬한 팬이 됐다.

K이모는 지금도, 여전히, 고양이와 함께 살고 싶어한다. 원룸 집주인이 반대해서 실현하지 못할 뿐. '몰래라도 키워볼까' 고민할 정도다. K이모는 고양이는 물론이고 다른 동물들도 빠짐없이 좋아한다. K이모의 페이스북 담벼락엔 귀여운 동물 영상이 가득하다. 고양이를 키워볼까 고민하던 집사에게 K이모가 마냥 좋은 얘기만 해줬던 이유는, 고양이와 함께 보낸 시간들이 정말 마냥 좋았기 때문이다.

그런 K이모를 1번 보모로 둔 라미와 보들이는 정말 복 받은 고양이들이다.

만약 라미와 보들이가 말을 할 줄 안다면, 잊을 만하면 "K이모는 언제 와?"라고 물어 집사를 귀찮게 했을 것이다.

그 핑계로 집사는 두 냥이들을 K이모에게 맡기고 혼자만의 시간을 즐겼을 것이다. 라미와 보들이에게도, 집사에게도 몹시 안타까울 뿐이다.

27
라미&보들이 굿즈가 출시됐어요

보모 이모들에게 공언한 대로 라미 생일에 맞춰 그들에게 줄 선물을 준비해야 했다. 라미와 보들이를 모티브로 뭔가 쓰임새가 있으면서도 생일을 오래오래 기억할 수 있는 것이면 좋겠다고 생각했다.

가까이 두고 쓸 수 있는 것들을 떠올리니 자연스레 머그컵이 떠올랐다. 사무실 책상에 두고 커피나 물 마실 때 쓰면 딱이었다. 내 돈 들여 사긴 그런데 정작 없으면 허전하고, 누군가 선물해주면 좋을 법한. 마련하기도 쉬울 것 같았다.

기념품 제작하는 사이트들을 보니 가격도 저렴했다. 주문 제작하더라도 하나당 5,000원 안팎. 사진을 보내주면 도자기 겉면에 인쇄하는 방식이었다. 그런데, 샘플들을 보니 그냥 시중에서 파는 흔한 머그컵과 차이가 없었다. 라미나 보들이의 사진만 들어갈 뿐. 좀 흔하지 않은, 소장 가치가 조금이라도 있는 걸 주고 싶었다.

그러다 우연히 한 공예가가 만든 반려동물 머그컵에 꽂혀버렸다. 사진을 바탕으로 아주 작은 조형물을 — 예를 들어 라미나 보들이의 축소판 — 만들고 그걸 잔 꼭대기에 붙인 뒤 가마에서 구워내는, 예술품에 가까운 머그컵이었다. 라미나 보들이가 잔 안쪽을 들여다보기

굿즈 앞에서

위해 잔 끝에 매달린 모습이면 딱일 것 같았다.

이거다 싶었는데, 문제는 가격이었다. 직접 하나하나 손으로 만들어야 하는 탓인지 머그컵 하나를 만드는 데 85,000원을 달라고 했다. 나도 하나 가지고 보모 이모들 하나씩 주려면 여섯 개 정도는 만들어야 했으니 합하면 51만원. "헉!" 하는 소리가 절로 나왔다. 그리고 포기.

대신 비슷한 작업을 하는 다른 공예가들을 찾은 결과, 사진을 보내주면 도자기에 직접 그림을 그려 가마로 구워 만드는 작가가 있었다.

조형물은 없지만 하나씩 직접 그린 작품이니 세상에 하나만 존재하는 머그컵인 셈이었다.

이건 하나당 25,000원. 라미와 보들이 사진을 각각 세 장씩 보냈다. 제작에 2주쯤 걸린다고 했다.

다행히도 라미 생일에 맞춰 머그컵 여섯 개가 도착했다. 무늬가 알록달록해서인지 라미의 때깔이 훨씬 더 잘 나온 것 같았다.

보모 이모들의 반응은 (집사가 느끼기에) 열광적이었다. 실물을 보기 전부터 "이쁘다"며 "라미로 할까, 보들이로 할까" 기대했다. 25,000원이 전혀 아깝지 않은 반응이었다.

예상대로 실물을 보기 전엔 '보들이 모델'을 고른 보모 이모들 대부분이 머그컵 실물을 보고 나선 '라미 모델'로 바꿔달라고 했다. J이모와 또 다른 J이모가 라미 모델을 가져갔다. 의리의 K이모는 처음 선택대로 보들이 모델을 챙겨갔다.

자신들을 모델로 만든 머그컵을 본 라미와 보들이의 반응은, 예상한 대로 '이런 거 말고 캔사료나 달라'는 투였다. 집사는 '사람들이 보모 이모들처럼 너네들 굿즈에 열광적으로 반응한다면 우리 금방 부자 될 텐데'라고 생각했다.

생일을 맞은 주인공들한텐 정작 아무것도 해준 게 없어 좀 미안하기도 했다. 그치만 뭐, 생일이 별건가. 건강하게 아픈 곳 없이 생일을 맞은 그게 선물이지(집사는 합리적인 사람이다). 사실 집사도 생일이라고 누군가한테 선물 받고 그런 기억이 가물가물하다. 생일날 선물

안 받아도 충분히 행복할 수 있다(집사는 이성적인 사람이다). 안 그래? 라미야, 보들아.

28
보모 이모들 이야기 2_J이모

J이모는 집사의 지인이다. 정말 말 그대로 지인이다. 고향이 같지도, 출신 학교가 같지도, 회사가 같지도, 하는 일이 비슷하지도 않다. 심지어 나이도 비슷하지 않다. 연결의 끈이 전혀 없는 두 사람은 직장인들을 대상으로 하는 사진수업에서 처음 만났다. 근데 둘 다 사진 찍기에 소질도, 대단한 관심도 없었다. 대신 자전거 타면서, 철마다 맛있는 거 먹으러 다니면서, 각자 지인들을 한두 명씩 데리고 나오면서 그렇게 연을 이어 지금에 이르렀다.

2년 전 집사가 지금 동네로 이사를 오면서 J이모와는 같은 구민(서대문구)이 됐다. 물론 J이모는 자기가 사는 집도, 자기가 다니는 회사도 "그냥 광화문"이라고 말하고 다닌다. 누가 봐도 아니지만.

J이모와 라미, 보들이와의 첫 만남은 두 냥이가 오고서도 한참 뒤에 이뤄졌다. 라미, 보들이가 중성화 수술을 한 날 저녁이었다. 두 냥이 병수발하느라 오도 가도 못 하는 집사를 위해, 두 냥이 병문안도 겸할 겸 (집사한테 줄) 먹을 걸 사들고 방문했다.

K이모와 달리 J이모는 고양이를 키운 경험 같은 게 있진 않았다. 대신 이미 사진과 글로 라미와 보들이를 알고 있던 터라 설레는 마음

으로 두 냥이를 만났다. 서너 시간 전 큰 수술을 마친 두 냥이들에게 짠한 느낌을 지닌 채로.

안타깝게도 J이모의 측은함과 기대가 섞인 설렘은 약 5분 만에 산산조각 났다. J이모가 방문한 오후 9시쯤 되자 라미와 보들이가 기력을 되찾았기 때문이었다. 특히 라미가. 집사 먹으라고 사온 카레를 밥상 위에 올려놓자 라미는 가만있지 못했다. 마침 마취도 다 풀리고 몸이 근질근질할 찰나 뭔가 새로운 냄새를 풍기는 게 나타났으니 당연한 반응이었다. 그러다 집사가 밀어내면 처음 만난 J이모의 등에 올라탔다가 다리를 건드렸다가 주변을 맴돌다가…… 목에 찬 넥칼라 따위 아무 문제될 게 없다는 듯 거침이 없었다.

주의력이 심하게 결핍된 과잉행동이라고 할 수밖에 없었는데, 집사에겐 일상이었지만, 평소 안빈낙도의 삶을 동경하면서 정중동(靜中動)을 실천하며 살아온 J이모에겐 강렬한 충격이었다. 집사의 밥 먹는 모습을 보는 둥 마는 둥, 귀여운 보들이와 인사를 하는 둥 마는 둥 하다 20분도 되지 않아서 자리를 떠야 했다. 계속 있다간 "정신착란에 걸릴 것 같다"는 말을 남기고.

J이모와 두 냥이의 충격적 만남은 이후에도 이어졌다. 그로부터 며칠 뒤 J이모가 처음으로 보모로 왔을 때였다. 고양이 보모 역할이 처음인 J이모는 집사가 사전에 만들어준 매뉴얼에 따라 밥을 주고 물

그릇을 갈아줬다. 오랜만에 만난 라미는 이번에도 J이모의 등에 올라타거나 머리 손질?을 해줬는데, J이모는 첫 만남과 달리 정신착란에 이르진 않았다. 도망가는 보들이와 달리 모르는 사람에게도 달려들어 '부비부비'를 시연하는 라미가 싫지 않았다. 라미의 매력에 빠져버린 것이었다. 거기까진 좋았는데.

마지막, 화장실을 치우기 위해 초대형 화장실 뚜껑을 열고 '똥삽'을 들고 감자와 맛동산을 캐려 얼굴을 모래 가까이 들이밀었을 때였다. 순간, 훅~ 하고 들이마신 맛동산 냄새에 J이모는 "정신을 잃을 뻔했다"고 한다.

평소 얼마나 향기 나는 것들만 맡고 살았는지 알 순 없지만, 추측건대 아마도 생산한 지 얼마 되지 않은 맛동산이었던 것 같다. 농축된 맛동산 냄새를 한 번에 들이마시면서 호흡곤란이 온 것이리라.

신선한 공기에 대한 급박한 욕구를 느낀 J이모는 수확한 맛동산과 감자를 '전용봉투'에 담지 않고 그냥 눈에 보이는 까만 비닐봉지에 담아 화장실에 던져놓고 후다닥 현장을 벗어났다. 다음 날 집사가 집에 돌아왔는데 방 안에 알 듯 모를 듯한 냄새가 가득했다. '초대형 화장실은 깨끗한데 어디서 이런 냄새가 나지?'라고 한참 이곳저곳을 뒤지다 화장실에서 활짝 열린 채 냄새를 발산 중인 까만 비닐봉지를 발견했다. J이모의 당시 상황이 얼마나 위급했는지 짐작이 가능했다.

악취 사태와 무관하게, 그날 이후 J이모는 라미의 매력에 흠뻑 빠져버렸다. 당연한 얘기지만, 라미의 생일을 맞아 출시된 라미&보들이 굿즈 중에서 라미 얼굴이 가장 크게 찍힌 머그컵을 가져갔다.

'앵기는' 라미가 "눈에 밟힌다"며 집사들 사이에서 S급으로 인정받는 캔통조림을 사주기도 했다. 한 박스를 사려 했는데 그 값을 보고 놀랐다며 "애들 키우기 쉽지 않겠다"는 위로와 함께. '안 먹으면 어쩌지' 하는 J이모의 걱정은 라미 앞에서 역시 정말 쓰잘머리 없는 걱정이었다. 불행인지 다행인지 보들이가 관심을 보이지 않으면서 평소 둘이 나눠먹던 양을 혼자 다 해치우는 호사도 누렸다.

이로써 J이모는 라미에게 끼니를 선물한 첫 보모 이모로 이름을 올렸다. 업어 키우는 것도 모자라 먹여주기까지 한 것이다. '아무리 사나운 개도 먹여주는 사람은 안다'는 속담이 있다(있더라, 그런 속담이). '술 사준 사람은 기억 못해도 밥 사준 사람은 기억한다'는 말도 있다(방금 만들었다). 두 냥이 분량의 캔을 먹고 만족한 표정으로 식빵을 굽고 있는 라미 정도면 알겠지. 밥도 주고 물도 주고 화장실도 '힘겹게' 치워준 것도 모자라 S급 주식캔까지 사준 이모의 존재를. 자신의 매력에 푹 빠진 이모의 존재를.

'배껍질' 하나로
귀족냥이 된 라미

보모 이모에게 부탁하기 전에

집사가 집에 있을 때, 그러니까 부탁한 날짜 이전에 한번 왔다가도록 부탁하는 게 좋다. 동선과 구조가 익숙한 집사의 입장에서 생각하면 안 된다. 아무리 쉽게 설명을 해도 낯선 집에 와서 더군다나 고양이를 처음 돌보게 되면 긴장되고 실수를 할 수도 있기 때문이다. 아예 글로 정리를 해두면 실수 가능성을 줄일 수 있다. 지금도 여전히 보모 이모에게 부탁할 땐 '라미&보들이 탁묘 가이드'를 PDF 파일로 만들어 보내준다(이 정도 성의는 보여야 한다^^). 가능하다면, "탁묘하러 올 때 고양이를 키워봤거나 좋아하는 친구와 함께 오라"고 하는 것도 방법이다. 익숙하지 않은 환경과 일은, 아무래도 혼자보단 함께 겪는 게 부담이 덜하다.

29
라미에게서 온 편지

집사야 안녕. 알다시피 지난 8월 24일은 내가 태어난 지 1년 된 날이야. 사람들은 생일이라고, 돌이라고 한다지. 잔치도 한다던데, 나한텐 아무것도 안 해주더구나.

뭐 그걸 트집 잡자는 건 아냐. 고깔모자 쓰고 초에 불붙이고 "생일축하합니다~♫"라고 노래 불러봐야 나나 보들인 알아듣지도 못할 테고, 그런 거 좋아하지도 않아. 차라리 캔을 하나 더 따주고 말지.

사람들 중에도 좀 기특한 자들은 자기 생일에 부모님한테 전화하고 그런다며? 그래서 나도 이렇게 편지를 써보기로 했어. 우리 엄마 아빠는 어딨는지 누군지도 모르고, 뭐 별로 중요하지도 않지만, 그래도 넌 나랑 보들이한테 밥도 주고 물도 주고, 화장실도 치워주는 사람이잖아.

1년이 참 빨리도 간 것 같아. 청주의 작은 방에 살다가 이 집에 온 지도 벌써 10개월이 지났네. 이전보다 넓은 데서 살아서 좋았는데, 좀 편하게 살려는데 두 달 만에 보들이가 오는 바람에 망치긴 했어. 밥그릇 물그릇에 화장실도 같이 써야 하고, 그 전엔 항상 집사 너 다리 위엔 내가 올라갔는데, 보들이가 차지하는 바람에 난 전기방석으로 만족해야 했어. 넌 뭐 그것도 모르고 내가 철들었네, 성격이 바뀌었네 하더라.

보이는 게 다가 아냐. 설사 좀 하고, 털 좀 날린다고 안방이랑 작은 방에 못 가게 한 것도 좀 실망이었어. 내가 여기저기 뛰어다니고 냄새 맡고 하는 거 얼마나 좋아하는데, 하루 종일 집 안에서 갈 곳이라곤 방이랑 거실이 전분데, 그걸 못하게 하더군.

무엇보다 집사 니가 싱크대에서 음식 만들 때나 마루에서 밥 먹을 때, 내가 옆에서 냄새 좀 맡는다고 치근대면 계속 저리 가라 그러고, 그걸로 부족하면 막 물 뿌리고. 그건 같이 사는 사이에 좀 아닌 것 같아. 그러면서 가만히 지켜보는 보들이만 "착하다"고 좋아라하는데, 그건 아니지. 보들이같이 가만있는 애들은 특이한 경우야. 소리가 나고 냄새가 나면 가서 맡아보고 맛보고 싶은 건 나도 어쩔 수 없는 거란 말이야. 앞으로 노력하겠다는 얘긴, 나는 못하겠어. 니가 노력해주길 바라.

나 심심할까봐 보들이 데리고 온 건, 뭐 처음엔 좀 불편했지만 그 마음은 고맙게 받을게. 너를 비롯해 많은 사람들이 귀엽다고 보들이만 편애하는 거 같아 기분은 썩 좋지 않지만, 가끔 장난도 치고 없는 것보단 나으니까. 근데 사실 이제 보들이랑 장난치기도 부담스러워. 애가 너무 커버려서 같이 레슬링하기도 버거워. 내가 그런다고 지도 나를 막 깔아

뭉개는데 난 3kg도 안 되지만 걔는 4kg가 넘잖아. 이거 뭐 어린 친구를 또 데려올 수도 없고, 참…….

생일 맞았다고 내가 뭐 특별히 바랄 건 없어. 지금처럼 화장실 자주 치워주고, 물그릇 자주 갈고, 밥도 더 자주 캔이랑 섞어서 줬음 좋겠어. 같은 그릇에 먹는 탓에 보들이가 다 먹는 것 같아. 뭐 그거까지 집사 니가 해결해주길 바라는 건 아니야.

곧 겨울 올 거니까 날 추워지면 보일러 빵빵하게 틀어줬음 좋겠어. 나오자마자 샀던 캣타워가 이제 낡았던데. 군데군데 파이고 구석구석 털도 끼고. 전에 보니 좀 깔끔한 걸로 검색하던데, 살 거면 추워지기 전에 장만했음 좋겠어. 우리 살찔까봐 간식 잘 안 주는 거 아는데, 보들인 몰라도 난 좀 챙겨줬음 좋겠어.

강아지나 몇몇 까탈스런 고양이들에 비하면 이 정도 바라는 건 별거 아니란 거 잘 알지? 할 수 있는 것부터 차근차근 하도록 해. 하는 거 봐서 1년 뒤나 그 전에라도 다시 편지를 쓰도록 할게. 안녕.

함께 사는 라미로부터

첫 생일날, 많이 늠름해진 라미

30 보들이에게서 온 편지

안녕하세요. 저는 보들이에요. 저는 지난 9월 17일이 생일이었는데요, 라미 언니가 자기도 편지 썼다면서 저한테도 쓰라고 했어요. 그래서 쓰는 거예요. 라미 언니는 반말로 썼던데, 저는 반말할 줄 몰라요. 엄마랑 아빠가 고마운 사람이나 처음 만나는 사람한텐 높임말 쓰라고 했어요. 집사한테 처음 편지 쓰는 거니까 높임말로 해야 할 거 같아요.

저는 집사랑 라미 언니랑 같이 살게 돼서 좋은 것도 있고 나쁜 것도 있어요. 이전에 살던 집은 지금 집보다 훨씬 컸어요. 거긴 소파도 훨씬 크고 캣타워도 훨씬 많고 캣타워 사이를 걸어갈 수 있는, 공중에 달린 길도 있었어요. 무엇보다 엄마 아빠도 있고, 언니 오빠들도 많았어요. 그래서 심심할 일도 없었는데, 그런 게 좀 아쉬워요.

대신 지금 집에 와서 좋은 것도 있어요. 저랑 라미 언니밖에 없으니까 사람들이 저한테 인사도 먼저 하고 귀엽다고 말도 해줬어요. 지난번 집엔 워낙 고양이들이 많이 사니까 그 집 집사는 퇴근하고 와서 밥 주고 물 주고 화장실 청소하고 나면 힘들어서 뻗어버렸어요. 집사랑 눈 한번 못 마주치는 날도 있었어요.

그런데 사실 전 혼자 조용히 노는 걸 좋아해요. 라미 언니랑은 완전 반대예요. 캣타워 젤 꼭대기에서 자는 것도 좋아하고 거기 앉아서 날파리들 눈으로 쫓는 것도 좋아해요. 라미 언니가, 집사 말로 환장하는 깃털에도 별 관심 없어요. 아, 레이저 쏘는 장난감은 좀 좋아해요.

그래서 하는 말인데, 저 좀 만지지 마세요. 제가 만져달라고 하기 전엔 저 좀 제발 만지지 마세요. 막 껴안고 들어 올리고 이런 것도 하지 마세요. 그러면 손이 닿았던 덴 빠짐없이 그루밍해야 해요. 그나마 요즘엔 집사가 이걸 좀 알아챈 거 같아요. 저번엔 병원에서 수술하고 난 막 아픈데, 목에 찬 넥칼라 때문에 물이랑 밥도 잘 못 먹는데, 집사는 귀엽다고 날 막 만지고 껴안고 그랬어요. 괴로웠어요.

다른 보모 이모들한테도 전해줬으면 좋겠어요. 이 말을 진짜 하고 싶었어요. 라미 언니가 워낙 사람들한테 잘 비비고, 만져주는 걸 좋아해서 고양이들이 다 그럴 거라고 생각하면 안 돼요.

발톱 깎는 거나 약 먹는 거나 양치질하는 것도 사실은 별로 좋아하지 않아요. 그런데 라미 언니 보니까 정말 장난 아닌 거예요. 막 소리 지르고 발톱 세우고, 집사 팔 다 긁히고. 엄마 아빠가 같이 사는 집사한테는 그러면 안 된다고 했어요. 집사가 나 싫어해서 그러는 거 아니라고. 그래서 어지간하면 전 가만있어요. 그러다 가끔 저도 좀 하기 싫을 때가 있어요. 그런데도 가만있어야 하니까 좀 속상하긴 해요. 그럴 땐 끝나고 나서 텔레비전 뒤 컴컴한 곳으로 가요. 그러면 기분이 좀 나아지는데,

그럴 때면 집사는 "우리 뽀들이 삐쳤냐"고 해요. 보모 이모들은 막 귀엽다면서 사진 찍고 그랬어요. 전 심각한데.

전 캔사료도 좋아하지만 건사료도 좋아해요. 간식은 주면 좋은데 안 줘도 상관없어요. 배고프면 밥 줄 때까지 자면 되거든요. 그래서 전 라미 언니처럼 집사가 뭐 먹을 때 가까이 가지도 않아요. 전 집사가 싫어하면 안 해요. 전 지금 있는 캣타워도 좋아요.

라미 언니가 그래도 생일이니까 필요한 거 있으면 말하라고 했어요. 라미 언니가 다 말해서 더 없는데…… 음, 저는 좀 구석지고 그렇다고 그렇게 춥지 않은 그런 데가 집 안에 좀 많았으면 좋겠어요. 지금은 텔레비전 뒤 말고는 숨을 데가 없어요. 집사는 제가 거기만 들어가면 "우리 보들이 어디 있노" 하면서 찾는데…… 전 라미 언니처럼 높은 데를 잘 올라가지 못하니까 그런 숨을 만한 데가 좀 많았으면 좋겠어요.

아 마지막으로, 라미 언니랑 집사랑 잘 지냈으면 좋겠어요. 라미 언니가 사고 쳐서 집사 기분 나쁘게 하면 저도 눈치 보이거든요. 전 조용한 게 제일 좋아요. 그게 다예요.

함께 사는 보들이로부터

언니의 혀가 안 닿는 곳에
그루밍해주는 착한 보들이

고양이는 세상의 모든 것이 인간을 섬겨야 한다는 정설을 깨뜨리러 세상에 왔다.
폴 그레이Paul Gray(미국의 뮤지션)

이렇게 사는 게 최선인가,
묘생 최대의 이벤트

31

따뜻한 게 좋아~

고양이는 무더운 여름에도 따뜻한 델 찾아다닌다는 말이 있다. 그만큼 따뜻한 곳을 좋아한다는 뜻. '얌전한 고양이가 부뚜막에 먼저 올라간다'는 속담이 괜히 있는 게 아니다. "옛날에도 고양이들이 옹기종기 부뚜막 근처에 모여 있었다"고, 라미의 할머니는 라미를 보면서 말씀하셨다. 그래서인지 집사들의 로망 '무릎냥'을 라미가 온 첫날 경험하는 호사를 누렸다. 청주에서 서울까지 오는 두 시간 내내 목이 쉬어라 울던 라미는 새 집에 오자마자 따뜻한 햇볕을 받으며 집사 무릎 위에서 잠이 들었다. 온몸을 쭉 펴고 한껏 낮잠을 늘어지게 자던 그 모습을 보면서 가졌던 흐뭇함이 여전히 머릿속에 생생하다.

라미가 독점했던 집사의 무릎은 동생 보들이가 오면서 주인이 바뀌었다. 보들이는 먼저 쓰다듬거나 만지려 하면 뒷걸음질 치거나 구석에 숨었다. 그러다 무슨 '필'을 받게 되면 "니아옹~" 소리를 내곤 집사의 허벅지 위로 올라온다. 그러곤 탱크가 지나가는 수준으로 골골송을 불렀다.

보들이가 오고 곧 혹독한 겨울이 시작됐다. 라미와 보들이가 사는 집은 낮엔 햇볕이 마루 안쪽까지 들어와 따뜻했다. 해가 지고 집사가 와서 보일러 온도를 높일 때까지가 고비였다. 평소 외출할 때 실내온도 18℃를 맞춰놓다가 라미가 온 뒤 20℃로 높였지만 춥긴 여전히 추웠다. 집사가 온다고 실내온도가 획기적으로 높아지는 것도 아니었다. 집사는, 고약하게도 겨울에 실내온도가 높아 건조한 걸 싫어했다. 어느 날 라미와 보들이를 보러 왔던 집사의 회사 동료가 "왜 이리 춥냐? 애들 춥겠다"고 하자 집사가 말했다. "길에서 자는 애들도 있는데 뭘 이거 가지고 그래." 그러곤 집사는 안방에서 온수매트를 켜놓고 잤다.

라미와 보들이는 보일러실에서 방과 마루로 뜨거운 보일러물이 흐르는 물길을 귀신같이 찾아 그 위에서 '식빵'을 열심히 구웠다.

일말의 양심이 있었던 집사는 보일러 온도를 높이는 대신, 여러 대안을 시도했다. 안 입는 옷과 철사 옷걸이를 이용해 간이 '숨숨집(구멍이 하나인, 사방이 막힌 하우스)'을 만들기도 했고, 뜨거운 물을 담을 수 있는 의료용 고무팩을 사 밤새 마루 한쪽 구석에 두기도 했다. 하지만 라미와 보들이 모두 큰 관심을 보이지 않았다.

결국 집사의 최종 선택은 전기방석이었다. 전기방석을 켜고 지붕형 스크래처를 방석 위에 놓았다. 24시간 뜨뜻한 숨숨집이 완성됐다. 방석은 주로 보들이보다 추위를 더 타는 라미의 안식처가 됐다.

확실히 추위를 타는 건 고양이의 털과 관련이 있는 듯했다. 라미보다 훨씬 털이 수북한 보들이는 어지간한 추위에도 이불 밑으로 들어가지 않았다. 마루에 누워 숨을 내쉬면 입김이 보이는 수준인 창원 할머니집 마루에서도 라미는 이불 속에 파묻혀 잠을 잤다. 반면 보들인 늘 이불 위에서 잠들었고 이불을 덮어주면 슬금슬금 기어 나왔다. 보들이가 오기 전까지 집사와 침대에서 함께 잠들었던 라미에겐, 겨울이 많이 추웠을 것 같다.

라미의 애장품 전기방석은 봄이 오고 4월이 다 갈 때까지도 냥이들에게 따뜻한 잠자리를 제공했다. 냥이들은 발 닦는 걸레에 올라앉을지언정 맨 마룻바닥엔 좀처럼 앉지 않았지만, 6월이 가고 여름이 시작되면서 '고양이는 무더운 여름에도 따뜻한 델 찾아다닌다'는 말이 거짓임을 알았다. 차가운 마룻바닥에 배를 깔고 눕는 걸로 모자라 대리석 기운이 느껴지는 화장실로 들어가 철퍼덕 쓰러지기 일쑤였다. 결국 집사는 전기방석의 '여름 버전'을 찾기에 이른다.

집사 다리 위가
제일 따뜻하다옹!

난방용품을 사기 전에

고양이 용품은 알다시피 부르는 게 값일 정도로 비싸고 가격이 천차만별이다. 그래서 안 입는 두꺼운 스웨터와 철사 옷걸이로도 따뜻한 숨숨집을 만들 수 있다. 네이버 카페 '냥이네'나 '고양이라서 다행이야(고다)' 같은 곳에 가보면 손쉽게 만들 수 있는 것부터 고난도 용품까지 선배 집사들의 보석같은 노하우들이 가득하다. 냥이들 취향이 제각각이라 비싸게 산 물건을 쳐다보지 않는 경우도 많다. 종이박스에 담요 하나만 깔아도 훌륭한 보금자리가 될 수 있으니, 가까운 곳에서 자원을 구해 직접 만들어보길 권한다.

32

고양이는 바깥세상이 보고플까

강아지 행동 전문가 강형욱 훈련사가 출연하는 EBS <세상에 나쁜 개는 없다>를 보면 여러 '문제 강아지'들이 끝도 없이 등장한다. 함께 사는 강아지나 사람을 공격하고, 볼일을 아무 데서나 보고, 자기 큰 볼일을 먹고, 구석에만 숨어 있고…… 이런 강아지들에게 강 훈련사가 공통적으로 제시하는 대안은 산책이다. 강아지에게 산책은 삶의 필수라고 강 훈련사는 늘 강조한다.

고양이도 그럴까? 가끔 고양이 카페 게시판엔 '산책냥'들의 모습이 올라온다. 마치 강아지처럼 가슴줄을 차고 주인과 함께 걷는 고양이들이 종종 등장한다. "산책 가자고 조르는데 산책 가기 전에 어떤 준비를 해야 하느냐"는 질문들도 많다.

'고양이는 영역 동물이라 익숙한 곳을 벗어나면 스트레스를 받기 때문에 산책은 필요하지 않다'는 얘길, 라미와 함께 살기 전에도 그 이후에도 한결같이 들었다. 그 사실을 잘 알고 있고 딱히 이론의 여지도 없지만 하루 종일, 그리고 어쩌면 거의 한평생 집 안에서만 지내야 하는 고양이를 보고 있자면 흔들릴 때가 많다.

혹시 우리 고양이도 산책을 좋아하진 않을까? 산책이 아니라도 바깥 구경 정도는 좋아하지 않을까?

그런 이유로, 보들이가 오기 전까지 라미는 주말에 한 번 정도는 동네 구경을 할 수 있었다. 혹시라도 달아날까봐 가슴줄을 채운 뒤 품이 넓은 점퍼에 넣고 안아서 동네 산책로로 나갔다. 호기심쟁이 라미는 왼쪽 오른쪽 고개를 돌리느라 바빴다. 시원한 바람이 신기한지 연신 코를 벌름거렸다. 차가운 공기에 익숙하지 않아서인지 몸을 조금씩 떨기도 했다.

15분 남짓 산책을 하고 돌아올 때쯤이면 라미는 어깨 위까지 올라와 뭔가를 더 보고 싶어하고 맡고 싶어했다. 그러면 지나가는 동네 꼬맹이들이 "어, 고양이다"라며 다가와 슬쩍 만져보기도 했다. 산책 나온 강아지는 많았는데 고양이는 라미가 유일했다. 아, 가끔 길고양이들이 눈에 띄긴 했지만.

'집사 또 나가나봐.'
방묘문 안에서 집사를
배웅하는 냥이들

보들이가 오고 나서 두 마리를 함께 데리고 나갈 순 없기에 동네 구경은 더 이상 하지 않았다. 창원에 다녀온 뒤 면역력이 떨어져 장염을 앓은 게 결정적이었다.

라미나 보들이가 바깥세상을 보고파하는 내색을 드러낸 적은 없다. 방묘문을 설치하기 전 퇴근하고 들어오는 집사가 현관문을 열면 라미가 그 앞에 기다리고 있다 뛰쳐나간 적은 여러 번 있었다. 그런데 현관을 나간 뒤 계단을 따라 계속 올라가거나 내려가지 못하고 반층 정도 뛰어올라간 뒤엔 어떻게 해야 할지 망설이고 있었다. '(바깥나들이가) 그렇게 간절한 것은 아니구나'라고 생각하게 된 계기였다.

그때 이후 병원엘 가거나 죽은 털을 제거하러 옥상에 가는 걸 제외하고 라미와 보들이는 바깥 구경을 한 적이 없다. 아직 진짜 흙이나 모래나 잔디를 밟은 적도 없다.

집고양이들은 굳이 그럴 필요 없다는 게 전문가나 수의사들 의견이고, 사람과 함께 살려면 어쩔 수 없다는 게 맞는 말이긴 한데, '이렇게 사는 게 정말 최선인가'라고 묻는다면, 잘 모르겠다. 날렵한 라미가 날카로운 발톱으로 오를 수 있는 키 큰 나무가 있다면 얼마나 좋을까(보들인 못한다). 마루를 뛰어다니는 성질 급한 라미의 발톱이 마룻바닥에 부딪히며 내는 소리를 들을 때마다, 보들이가 캣타워에서 가만히 창밖을 바라볼 때마다 마음이 그리 편하지만은 않다.

33
고양이 사료에 대한 이런저런 생각들

고양이 사료는 고양이 종류만큼 다양하다. 그래서 가격도 천차만별이다. 라미와 보들이가 먹는 건사료 'Oxx'은 5.4kg짜리가 7~8만원이다. 사료회사나 쇼핑몰에서 나눈 사료 등급에선 최고 등급에 속한다. 반면 5kg에 만원도 채 하지 않는 사료들도 많다.

전셋집 세입자인 집사는 조미료 가득한 식당 음식이 주식이지만 라미와 보들이는 사료만큼은 금수저급으로 먹으며 산다. 일요일 오후 집사가 라면을 먹기 전 라미와 보들이 밥을 챙겨줄 때가 있다. 그럴 때 집사는 영락없는 '펫푸어(pet poor)족'으로 전락한다. 펫푸어족이란 반려동물에 지출하는 비용을 위해 생활비를 줄여 가난하게 지내는 이들을 가리키는 신조어다. 생활비가 아닌 '귀차니즘' 때문이었지만 어찌 보면 우습기도 씁쓸하기도 하고, 또 별거 아닌 것들에 지나친 의미부여를 하는 거 아닌가 생각되기도 한다.

어쨌든 라미와 보들이는 함께 살기 시작하면서부터 Oxx을 먹었다. 냥집사들 사이에선 '금사료'로 통하는 Oxx은 곡물 성분이 들어있지 않고(그레인프리) 비교적 건강하게 키운 재료들로 만들었다고 했다. 냥이 사료들에 시행착오를 겪었던 많은 선배 집사들이 추천하는 사료 중 하나였다. 단백질 함량이 높아 어떤 냥이들은 잘 먹지 않거나, 변 냄새가 너무 독하거나, 턱에 여드름이 생기거나, 설사를 하기도 한다는데 다행히 라미나 보들이 모두 이전에 먹었던 사료에서 큰 어려움 없이 잘 갈아탔다.

오xx을 잘 먹다가 라미와 보들이가 돌아가며 장염을 앓은 뒤 약간의 변화가 생겼다. 이른바 '설사잡는 사료'로 유명한 '퓨xxx'를 섞어 먹기 시작한 것. '퓨xxx' 덕분인지 수의사 선생님이 지어준 약 덕분인지 모르겠으나 라미와 보들이의 장염과 설사는 금방 잡혔고 이후엔 심한 설사나 병을 앓진 않았다.

대신 그만큼 밥 주는 집사와 가끔 오는 보모 이모들이 귀찮아졌다. 사료 30g을 준다 치면, 오xx을 23g쯤 주고 퓨xxx을 7g쯤 주고, 거기에다 장 영양제 가루를 솔솔 뿌려준다. 완전 상전이 따로 없지만, 이를 아는지 모르는지 라미는 맨날 배고프다고 찡찡댄다.

육식동물인 고양이 사료는 닭과 칠면조, 돼지와 소, 연어 등으로 만든다. 정확하게 측정해보진 않았지만 라미와 보들이, 두 마리가 먹는 사료만 한 달에 5kg 안팎. 여기에 캔사료까지 더하면 적은 양이 아니다. 서울에, 한국에, 이 세상에 라미와 보들이 같은 고양이들이 얼마나 될까, 이들이 먹는 육식은 또 얼마나 될까.

이런 생각을 하는 이들이 적지 않았나 보다. ≪플로스 원≫이라는

이거 안 치우냥!

미국의 학술저널은 '개와 고양이 사료의 환경 영향'이라는 연구 결과를 발표했다. 그 내용 중엔 사람과 함께 사는 강아지와 고양이의 사료 생산 과정에서 나오는 온실가스가 1,360만 대 자동차가 내뿜는 양과 같다는 추정치가 들어 있었다. 이는 전체 미국인이 육식 소비로 배출하는 이산화탄소 양의 4분의 1과 같다고 했다. 미국 인구나 그들과 함께 사는 강아지나 고양이 숫자가 한국보다 훨씬 많다는 사실을 감안하더라도 엄청난 수치이긴 하다. 결국 라미와 보들이도 집사와 마찬가지로 지구 환경 파괴의 큰 역할을 담당하고 있는 셈이다.

사실 사료 문제는 먹거리 문제이기도 하다. 고양이 사료라는 것도 사람으로 치면 가공식품일 텐데 그게 금수저급이라고 정말 몸에 좋긴 좋은 걸까.

시간이 많고 여유가 되면 당연히 '자연식'이 고양이들한테도 좋을 텐데. 사람 먹거리와 마찬가지로 애써 외면하고 있는 문제이기도 하다(훗날 좀 더 공부를 해서 기회가 되면 다시 써보련다).

상황이 이러한들 뭐 뾰족한 대안이 있는 건 아니다. 그 학술지의 지적이 충격적이긴 한데 그럼 라미와 보들이와 내가 할 수 있는 게 있을까? 사료를 좀 적게 먹어야 하나? 저단백 사료로 바꿔야 하나? '고양이풀' 캣그라스를 키워서 끼니 대신 먹어야 하나? 집사의 육식 섭취를 줄이는 방법 외엔 떠오르는 게 없다.

비싼 사료가 좋은 사료?

비싼 사료가 답은 아니라 생각한다. 사람에게 가장 비싼 음식이 가장 좋은 음식은 아니듯. 어느 조사에서도 사료 선택에 있어 집사들 대부분의 최우선 고려 사항은 고양이들의 '기호성'이었다.

지나치게 '싸구려'가 아닌 것들 중에 고양이가 잘 먹는 것들을 주면 되지 않을까. 아무리 비싸고 좋다는 사료라도 고양이가 안 먹으면 쓸모가 없으니까.

유명 사료회사들의 한국어 홈페이지를 통해 배송비만 내면 사료 샘플을 받아볼 수 있다. 한 번씩 먹여보고 선택하는 방법도 있다. 이미 고양이를 키우고 있는 집사들에게 조언을 구하거나 사료를 조금씩 얻어 테스트해볼 수도 있다.

갑자기 사료를 바꾸면 고양이 역시 스트레스를 받을 테니 사료를 바꾸거나 테스트할 땐 기존 사료와 조금씩 섞어서 하다가 비중을 높이는 식으로 하는 게 바람직하다.

34

털을 포기하라, 평화를 얻을지니

"예비 집사입니다. 다른 준비는 다 끝났는데, 냥이 털이 많이 날린다는데 어느 정도인가요? 매일같이 청소기를 돌려야 하나요?"

고양이 털 날림(날린다는 표현도 많이 봐준 거다)은 예비·현직 집사 모두에게 고민거리다. 집사가 되기 전엔 당최 얼마나 날리길래 그러는지 알 수가 없고, 집사가 되고 나면 '이 털을 어찌해야 하나'라는 번뇌에서 벗어날 수 없다.

물론 키우기 전에 털 때문에 포기하는 일은 잘 없다. 고양이와의 동거란 털과의 동거라는 것 정도는 함께 살지 않아도 충분히 예상 가능하니까. "사람도 털 빠지는데 뭐. 고양이야 물론 사람보다 많이 빠지겠지만, 치우면 되지. 그 정도는 각오돼 있어"라고, 내가 그랬다. 모르고 한 소리였다.

머리가 무거운,
털부자 보들이

실내에 사는 고양이들은 1년 내내 털갈이를 한다는데…… 웬걸, 라미랑 보들이는 겨울이 지나 봄이 올 때까지도 비교적 양호한 편이었다. 그러다 슬슬 따뜻해지기 시작하면서 본색을 드러냈다. 중성화 수술을 하던 3~4월부터였으니 날씨 때문인지 개월 수가 찼기 때문인지는 내년 봄이 돼봐야 알겠지만.

털이 빠지는 게 아니라 털을 뿜는다는 말이 딱 들어맞았다. 외모에서 보듯 보들이의 털 뿜뿜 능력이 월등하다. 슥 스치기만 하면 그게 옷이든 피부든 물건이든 벽이든 흔적이 남는다. 여름이 되고 더위가 시작되면서 극에 달했고 달하는 중이다. 털이 빠지면 다시 나기까지, 그러고는 다시 빠지기까지 시간이 필요할 텐데 이건 뭐 끝도 없이 빠지면서 끝도 없이 새로 나는 듯하다. 테이프클리너(일명 돌돌이)로는 감당이 안 돼 정전기 작용으로 죽은 털을 제거하는 장갑을 샀는데 한두 번 슥슥 문지르면 장갑이 깔끔하게 털코팅 된다. 서너 번 문질러 수확한 털이면 찹쌀 도넛 크기의 털공을 만들 수 있다.

보들이에 비해 양호했던 라미도 날이 더워지니 어쩔 수 없이 털 뿜뿜에 동참했다. "청소를 해도 그때뿐"이라는, 오래전 엄마가 하시던 말을 그대로 내가 하고 있다. 청소 직후 털이 없는 순간을 좀 즐길라치면, 둘은 또 레슬링을 한다. 털뭉치들이 뚝뚝 떨어진다. 선풍기 바람에 이리 날리고 저리 날린다.

다행히 인간은 적응하는 동물이라 어떻게든 살긴 한다. (내) 밥그릇에 떨어진 털 한두 개쯤은 그냥 무시하게 됐다. '저런 털들이 내 방 곳곳에 얼마나 많을까'라고 고민해봐야 답도 없다. 그냥 '털이 빠져서 뭉치면 눈에 보일 테니까, 그때 주워서 버리면 되겠지'라고 생각한다. 돌돌이는 주로 내 옷에 묻은 냥이 털을 제거할 때 쓴다.

어떤 집사들은 여름엔 미용을 하기도 한다. 고양이 털을 시원하게 밀어주는 건데, 그게 또 고양이한텐 꽤나 큰 스트레스가 된다고 해서 쉽게 하진 못하겠다. 그러니 '정신 승리'로 이겨내는 수밖에 없다. 라미와 보들인 모두 털이 짧은 단모종 고양이라, '장모종 집사들은 오죽할까'라고, 최면을 거는 수밖에.

만약 예비 집사가 내게 고양이 털 날림에 대해 묻는다면, 이젠 쉽게 정답을 말해줄 수 있다. "포기하세요. 냥이를 포기하거나, 털(날림)을 포기하거나."

35
'귀족냥'이들 구경하기, 캣쇼

갖은 비난에도 불구하고 여전히 해마다 열리는 미스코리아 선발 대회라는 게 있다. 20대 초반 여성들이 사자머리를 하고 수영복을 입고 외모와 인성(을 어떻게 평하는지 모르겠으나)을 평가해 '진-선-미'를 뽑는, 조금만 생각해보면 말이 안 되는 그런 이벤트다.

고양이들에게도 그런 게 있다. 각 품종별 고양이들이 모여 외모를 겨루는 이벤트가 캣쇼다. 물론 인간들의 미스코리아 대회와는 좀 다르다. 사자머리를 하지도 않고 수영복을 입지도 않는다.

캣쇼를 얘기하자면 품종(breed) 얘길 먼저 해야 한다. 품종이란 생물학적으론 '다른 집단과 구별되는 유전적인 특성'이다. 품종묘란 각 개체의 순수한 유전형질을 보유한 고양이를 말한다. 해당 품종의 겉모습뿐만 아니라 다음 세대까지 유전될 수 있는 유전적인 특성을 지녀야 품종묘라고 할 수 있다. 쉽게 말하자면 다른 품종과 (피가) 섞이지 않아야 한다.

그런데 이 고양이가 해당 품종의 순수한 피인지 '섞인 피'인지는 전문가들도 그 겉모습만으로 쉽게 구별하기 어렵다. 그래서 현실에선 고양이애호가협회(CFA: Cat Fanciers' Association), 국제고양이 협회(TICA: The International Cat Association) 등 고양이 혈통 등록협회에 등록된 '품종증명서'를 발급받은 고양이를 품종묘라고 한다. 비품종묘가 참가하는 클래스(종목이라고 이해하면 쉽다)가 있는 캣쇼도 있지만 최근엔 비품종묘는 거의 참가하지 않는다고 한다.

2016년 6월 말 경기도 고양시 킨텍스에서 열린 캣쇼에 갔다. 일을 하러 간 목적도 있지만 라미나 보들이 같은, 다른 집 예쁜 고양이들을 보고 싶은 마음도 컸다. 그들의 집사들은 주인님들을 어떻게 키우고 있나 궁금하기도 했다.

아침 10시가 조금 못 된 시각에 도착했는데 이미 수많은 고양이들이 캣쇼용 텐트 안에서 출전을 기다리고 있었다. 물론, 지루하고 불편해 죽겠다는 표정으로. 멀쩡하게 집에 잘 있던 고양이를 아침 일찍부터 처음 보는 곳에 데려다놓았으니 얼마나 '냥리둥절'할까. 처음 보는 장소와 처음 맡는 낯선 고양이들 냄새까지. 캣쇼에 대해 "사람들 재밌자고 영역동물인 고양이를 한데 모아 고생시킨다"며 비난하는 사람들도 있다. (비난이) 충분히 이해가 갔다.

캣쇼를 하는 공식적인 이유는, 캣쇼에서 얻은 성적은 점수로 환산되는데 이 점수가 쌓이면 아시아챔피언, 세계챔피언 같은 상위 그룹 순위에 들 수 있기 때문이다. 물론 아시아챔피언, 세계챔피언이 경제적 이익으로 직결되진 않는다. 대신 '품종 고유의 혈통과 특성을 지닌 고양이'로 인정받을 수 있다. 품종묘들을 키우는 브리더에겐 큰 영광이다.

그런데 또 성적이 전부는 아니다. 캣쇼엔 브리더뿐만 아니라 품종묘를 기르는 평범한 집사들도 참가한다. 남의 집 고양이와 비교해 '우리 고양이를 잘 키우고 있는지' 알 수 있는 시간이기도 하다. 그래서 참가자들끼리 "요즘 뭘 먹냐" "저 집 고양이 많이 예뻐졌네" 같은 수다가 끝없이 이어진다.

집사들 마음이 꼭 꼬맹이를 데리고 나온 부모 같아지는 것도 그런 이유 때문이다. '저지'라 불리는 캣쇼 심사위원은 깃털이나 소리 나는 장난감을 흔들어 고양이의 체형을 보고 성격을 평가한다. 그때 고양이가 무심하게 반응을 보이지 않으면 집사는 속이 탄다. "집에선 안 저랬는데, 꼭 어디만 나오면 저리 쫄보가 되네……." 그렇게 속이 타다 애교라도 한번 부리면 또 좋아서 자지러진다.

이날 행사엔 보들이의 '이복동생'도 참가했다. 보들이와 아빠가 같은 '캐씨'라는 고양이였다. 즉, 보들이의 전 집사(이자 브리더)도 참가했다는 얘기다. 캐씨네 식구들은 캐씨를 포함해 네 마리가 참가했는데, 다들 보들이와 비슷비슷한 성격들이라 심사대 위에서 실력발휘를 하지 못했다. 바짝 겁먹어서 가만히 있거나 뒷걸음질만 쳤다. 또

처음 가본 캣쇼,
뒤집 애인지 참 이뻤다

그 모습을 본 많은 집사들은 "어머, 쟤, 보기와 달리 엄청 귀엽다"며 폭소 만발.

캣쇼가 미스코리아 대회와 다른 점이 있다면 '보호자'로 온 사람들 어느 누구도 화내거나 찡그린 표정을 짓지 않는다는 사실이다. 참가비도 적지 않고 짜증내는 고양이들 뒷바라지하는 것도 쉽지 않지만, 순위에 들지 않아도 다들 만족하는 표정이었다.

결국 다들 고양이가 좋아서 그러는 거니까. 이들 역시 "품종묘에 대한 거부반응이 있는 것도 안다" "유기묘나 길고양이를 키우는 분들은 정말 대단하다"고 했다. 나와 비슷한 처지의 사람들을 만난 것 같아 위안이 됐다. '그래 유기묘를 키우지 않고 (상대적으로 많은 돈이 필요한) 품종묘를 키우지만, 고양이를 키운다는 사실과 그래서 좋다는(행복하다~는 말보다 좋다는 말이 더 좋다) 사실은 크게 다르지 않으니까.'

나 역시 조금은 걱정스러운 마음으로, 약간의 편견을 안고 캣쇼에 갔었다. 다행히도, 고양이를 보러 간 캣쇼에서 가장 눈부신 주인공들은 눈에서 '하트가 뿅뿅'하는 집사들이었다.

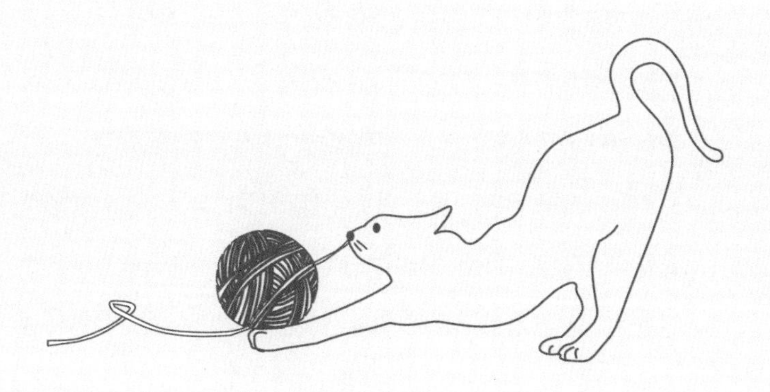

36
캔사료를 시작하다

냥집사들의 오랜 걱정거리 중 하나. 고양이는 대체적으로 물을 싫어한다는 사실이다. 몸에 물이 닿는 것도, 물을 마시는 것도 즐겨하지 않는 게 고양이다.

'호기심 차원'의 물은 전혀 싫어하지 않는데, 정작 목욕을 하게 되면 발악을 하는 고양이들이 많다. 목욕이 그렇게 싫다면, 정말 죽었음 죽었지 목욕이 싫다면, 안 하면 되지만, 물 마시는 걸 싫어한다고 정말 죽었음 죽었지 물 마시는 게 싫다고, 안 마실 순 없는 일이다.

고양이에게 비뇨기 계통의 병은 치명적이라고들 한다. 비뇨기 계통 질병의 주된 원인이 바로 마시는 물이 부족하기 때문이라고 수의사들은 말한다. 그래서 고양이가 다니는 길목 곳곳에 물그릇을 두기도 하고, 투명한 그릇을 좋아하는 고양이들을 위해 유리그릇으로 바꾸기도 하고, 관심을 끌기 위해 분수나 정수기처럼 움직이는 물그릇을 장만하기도 한다. 그마저도 고양이가 관심을 보이지 않으면 헛수고다.

식탐이 많은 라미는 물도 비교적 잘 마신다. 보들이가 집사 몰래 물을 마시지 않는 이상, 보들이보단 라미가 물 마시는 모습을 더 자주 발견한다. 분명 사료 먹은 지 얼마 안 됐는데 라미가 계속 울면서 뭔가 보챈다 싶으면 물그릇에 물이 없거나 물 담은 지 오래됐으니 비우고 새로 채워달라는 소리다. 자주 마시는 대신 라미는 '물 입맛'이 까다롭다. 반나절 정도 지나면 새 물을 달라고 한다. 최소 하루 두 번 이상은 물그릇을 갈아줘야 한다. 반대로 보들이는 좀 지난 물도 잘 마시긴 하는데 이는 물 마시는 걸 그닥 좋아하지 않아서 있는 대로 대충 마시기 때문이다.

때는 무더운 여름을 앞두고 있었다. '생후 1년쯤 됐을 때 방광염으로 고생했다'는 선배 집사의 충고를 때마침 듣게 됐다. 캣쇼에서 만난 한 고양이 사료회사 팀장님도 건사료만 준다는 내게 "반드시 캔을 줘야 한다"고 했다. 병을 예방할 필요가 있었고, 라미와 보들이도 건사료 아닌 다른 것들을 먹을 때가 됐다고 생각했다. 몇몇 사용 후기를 검토한 뒤 기호성이 좋다는 캔사료를 주문했다. 캔사료는 건사료와 비교돼 '습식사료'라고 한다. 내용물 자체에 수분이 많기 때문이다.

치킨, 칠면조, 토끼고기로 만든 캔이었다. 으…… 이 육식동물들. 치킨이 가장 저렴했고 토끼는 좀 비쌌다. 캔의 내용물은 사람들이 먹는 참치 통조림 같다. 대신 냄새가 강하다. 약간의 비린내와 약간의 느끼함이 뒤섞인 냄새다. '이걸 먹을까' 싶기도 했다. 엄청 자극적인 것 같기도 하고, 좀 역할 것 같기도 했기 때문이다. 캔 하나를 그릇 두 개에 나누고 그릇마다 물을 좀 더 부었다.

생애 첫 캔사료를 시식중인 냥이들,
⇦⇦⇦하는 소리를 못 들려주는 게 안타깝다

역시나 걱정은 괜한 걱정일 뿐이었다. 첫 번째 그릇에 절반을 담고, 두 번째 그릇에 나머지를 담기도 전에 라미가 먼저 달려들었다. "촵촵 촵촵촵……." 혀에 모터가 달린 듯 '찌먹'으로 물부터 마시기 시작한다. 좀 일찍부터 주지 않은 게 미안할 정도다. 두 번째 그릇에 남은 절반을 담자 보들이가 천천히 다가와 역시 "촵촵촵촵" 하며 먹기 시작했다.

그다음부터 라미는 캔사료용 그릇을 들기만 하면 얼른 달라며 "냐아옹!!" 하고 소리를 지른다. 언제부턴가 보들이도 그 옆에서 라미의 절반 크기로 "니아옹!!"거렸다. 매일같이 캔사료를 주다간 집사가 굶어죽을 거 같아서 이틀에 한 번만 주기로 했다. 그래서 줄 때마다 조금 미안하기도 하다.

캔사료는 먼 훗날 고양이가 늙고 병들어 건사료를 씹기 어려워지거나 처방식을 먹어야 할 때를 위해서라도 미리 먹는 습관을 들이는 게 좋다고 한다.

생후 6개월까지 건사료만 먹은 고양이들 중엔 캔을 먹지 않는 고양이들도 있다고 한다. "우리 고양이가 건사료만 먹고 캔은 안 먹어요"라는 집사들의 고민도 심심치 않게 커뮤니티에 올라온다. 그러니 라미나 보들이는 참 다행이다. 6개월이 훌쩍 지나고서야 캔을 처음 먹었는데 거부하기는커녕 몇 끼를 굶은 듯이 달려들었으니. 사고뭉치에 까탈스러운 성격이지만 또 이럴 때는 조금 기특하기도 하다.

캔사료와 양치질은 '필수' 관계

건사료를 먹은 뒤와 캔사료를 먹은 뒤, 고양이 이빨을 보면 '잔존물'이 눈에 띄게 차이가 난다. 당연히 캔사료를 먹었을 때가 많다. 수분이 많은 사료가 '흔적'을 많이 남기는 건 당연한 이치. 캔사료를 먹기 시작하면 '이래서 양치질이 필요하구나' 하는 걸 더욱 직관적으로 깨닫게 된다. 물론 캔사료를 먹지 않는다고 양치질이 필요하지 않다는 얘긴 아니다.

37

최고의 장난감은 바로 집사

고양이 장난감은 사실 고양이보다 집사를 위한 것이라고 보는 게 맞다. 고양이를 혼자 두고 하루 종일 집 밖에 있어야 하는 집사에게 그나마 장난감이라도 있어야 미안함이 덜하기 때문이다. 그래서 집사들은 장난감에 돈을 아끼지 않는다. 많은 엄마 아빠들이 그렇듯이.

라미의 첫 장난감은 깃털이었다. 열 마리 넘는 고양이를 키우면서 아픈 길냥이들 치료도 하는 울산의 어느 노련한 집사가 냥이들 치료비 마련을 위해 직접 만든 깃털이었다. 낚싯대처럼 나무 막대기에 줄을 묶고 그 끝에 깃털을 묶어 이리저리 흔들면, 라미는 말 그대로 날아다녔다. 라미만 그런 건 아니었다. 그 집사의 인스타그램에는 '간증 영상'이 여럿이었다. 깃털 장난감은 1년이 다 된 지금도 라미가 가장 좋아하는 장난감 중 하나다.

사실 깃털이나 고양이들이 좋아하는 오뎅 꼬치 등은 장난감이라기보다 놀이에 가깝다. 집사가 없으면 별 소용이 없는 것들이다. 만약 그냥 깃털을 던져놓으면 물어뜯거나 삼켜버린다. 한눈을 판 사이에 라미 역시 깃털을 씹고 뜯고 맛보고 삼켜버려서 열두 시간쯤 뒤 한바탕 구토를 한 적이 있다.

집사에게 절실한 장난감은 집사가 없을 때 고양이가 관심을 가지고 놀 수 있는 것이다. 사실 함께 있으면 굳이 장난감 따위가 필요하지 않다. 집사가 움직이는 대로 따라 움직이고, 누워 있는 집사 배에 올라 '꾹꾹이'를 하고, 부엌에 있을 땐 싱크대를 서성이고…… 장난감이 아니라도 관심 가질 것들이 많기 때문이다.

그런데 또 어떤 장난감이든 집사가 없으면 조금 가지고 놀다가 만다. 라미는 그랬다. 혼자 두고 출근하기가 미안해서 이런저런 장난감을 한가득 두고 나가지만 웹캠으로 보면 혼자 남겨지는 순간부터 그냥 잠만 잔다. 그래서 보들이를 데리고 왔지만 역시 마찬가지. 둘이 남겨지면 그냥 잠만 잤다.

집 밖에서 조종할 수 있는, 소리가 나거나 움직이는 장난감이 있으면 좋겠다는 생각을 한 적이 있다(지금도 여전하다). 와이파이로 제어가 가능한 장난감들이 있긴 한데 대부분 수입품이고 고가다. 좋아할지 아닐지도 모르는 장난감에 그 정도 돈을 쓰는 건 아니라는 생각이 들었다. 함께 살기 시작한 초반엔 라디오를 켜놓고 가거나 텔레비전 예약 전원을 작동시키고 간 적도 있다. 소리가 나면 시종일관 잠을 자진 않을 것 같았기 때문. 그런데 별 소용이 없었다. 심지어 웹캠에서 집사 목소리가 나와도(소리를 전하는 기능이 있다) 눈만 잠시 떴다가 다시 잠을 청했다.

결국 '(집에) 있을 때 잘하자'는 결론을 내리고 장난감에 대한 집착을 접었다. 고양이들에게 최고의 장난감은 집사 그 자체이기 때문에, 집사가 없는 한 어떤 장난감도 집사 역할을 대신하긴 어렵다는 깨달음이었다.

이 깨달음 이후 장난감에 대한 괜한 지출은 크게 줄어들었다. 집착은 떨쳐냈지만 안타깝게도 걱정은 줄어들지 않았다. 냥이들을 두고 나오거나 며칠 여행이라도 가게 되면, 마음이 영 불편한 게 눈에 보이지도 않고 해결할 수도 없는 어떤 걱정거리를 지고 떠나는 것 같은, 전에 없던 그런 기분은 시간이 흘러도 쉽게 적응되지 않았다. 장난감이 있든 없든 마찬가지였다.

깃털이다! 공격 준비!

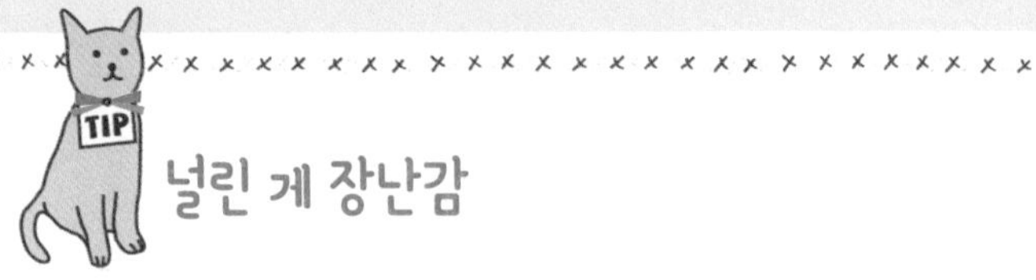

널린 게 장난감

라미는 작고 소리가 나는 것들을 좋아한다. 생수병 뚜껑, 플라스틱 빨대, 편의점에서 파는 삶은 달걀을 담은 플라스틱 케이스, 탁구공 등등. 보들이는 '살랑거리는 것'들을 좋아한다. 실, 노끈, 이어폰, 캣닢을 담은 양말 등등. 고양이가 관심을 보이는 이런 생활형 장난감들만 잘 모아서 '돌려막아도' 장난감 지출을 크게 줄일 수 있다. 고양이는 금방 지루해하는 대신 또 금방 잊어먹는다. 좀 지루해한다 싶은 장난감은 보관했다가 시간이 흐른 뒤 다시 주면 또 재밌게 가지고 놀기도 한다.

배달피자가 담긴 박스에 구멍을 뚫고 그 안에 탁구공 같은 것들을 넣어두면 훌륭한 박스 장난감이 된다. 고양이 카페에서 검색하면 이렇게 손쉽게 만들 수 있는 노하우들이 가득하다.

물론 디스크볼이나 레이저장난감 같은 것들은 직접 만들기 어렵다. 쓰지 않는 장난감들을 주변 집사들과 바꿔 쓰는 것도 좋은 방법이다. '다ㅇㅇ' 같은 곳에 가면 아이디어가 넘치면서 저렴한 고양이 장난감들을 '득템'할 수 있다.

38
첫 '냥빨'을 당하다

라미와 보들이는 태어나고 1년 넘게 목욕을 한 번도 안 했다. 그때까지 목욕을 안 한 이유는 여러 가지였다. ① 병원에서도 생후 6개월까진 목욕이 필요 없다고 했고, ② 고양이는 스스로 그루밍을 잘하기 때문에 개와 달리 잦은 목욕이 필요 없다고 들었고, ③ 냄새가 나지 않았고, ④ 목욕 샴푸 같은 화학약품이 좋을 게 없다고 생각했기 때문이었다.

그렇게 기특한 라미와 보들이는 샤워 한번 하지 않고 무더운 여름을 보냈다. 9월 말 늦더위가 곧 끝나갈 무렵이었다. 원래 "라미와 보들이는 아직까지 목욕 한번 안 하고 (잘 살고) 있다"로 글을 쓸 작정이었다. 다른 집사들은 어떻게 하나 궁금해 회사 동료이자 8년차 집사 Y에게 물었다. "우린 자주 안 해요. 두 달에 한 번 정도." 허걱. 자주 안 하는 게 두 달에 한 번이라니.

고양이 목욕에 대한 의견은 분분한데, 결정적으로 '절대 하면 안 된다'는 의견은 없었다. 그루밍을 해도 닿지 않는 부분이 있으니 너무 자주만 아니면 해주는 게 좋다는 의견들이 많았다. 최근 보들이 등 쪽 털에서 윤기가 아닌 기름기가 느껴지기도 했다. 화학약품 무첨가 고양이 목욕용 비누를 주문했다.

때마침 비누가 배송된 날 '내일부터 늦여름 기운이 사라지고 본격적인 가을이 시작된다'는 일기예보가 나왔다. D-day는 바로 오늘이어야 했다. 오후 9시, 늦은 퇴근을 하며 첫 목욕을 어떻게 할지 구상했다.

'극세사 수건으로 닦으면 될 테고, 이동장에 넣은 뒤 드라이어나 선풍기 바람을 쐬면 빨리 마르겠지. 라미를 먼저 씻기고 이동장에 넣은 뒤 보들이를 씻기러 화장실에 가면 (라미가) 울고불고 난리가 날 테니, 보들이 먼저 해야겠지…… 밥을 먹이고 해야 하나 먹기 전에 해야 하나…….'

결국 둘을 동시에 씻기기로 했다. 뭣도 모르고 화장실에 따라 들어온 둘은 그동안 가끔씩 장난만 치던 물이라는 존재의 공포를 처음으로 경험했다.

달아날 곳은 없었다. 세면대에 올라가도 변기 위로 도망쳐도 샤워기는 따라와 물을 내뿜었다.

배도 고픈 마당에 집사는 싫다는 물을 뿌려대니 라미 성격에 가만 있을 리가 없었다. 집이 떠나가라 울어댔다. 비상용으로 준비한 간식을 줬다. 그 와중에 라미는 또 주는 간식을 족족 다 받아먹었다. 소심한 보들이는 물이 싫어 도망을 가야 하는데 도망갈 곳은 없고 또 집사가 세게 붙잡으니 꼼짝도 못하고, 간식 먹을 정신은 없고…… 그런 보들이의 번뇌를 바라보면서 집사는 땀을 삘삘 흘리고 있었다.

비누칠은 보들이가 먼저 했다. 통통한 줄만 알았던 보들이의 미모는 알고 보니 죄다 '털빨'이었다. 도도한 고양이가 목욕을 싫어하는 진짜 이유는 어쩌면 자기 미모의 실체가 드러나는 게 두려워서가 아닐까, 하는 생각을 했다.

목욕도 힘들었지만 털 말리는 게 더 고된 일이었다. 볼륨이 적은 라미는 수건으로 몇 번 닦아주고 혼자서 그루밍을 좀 하니 털이 금방 말랐다. 반면 보들이는 원래의 미모를 찾기까지 꽤 오랜 시간이 걸렸다. 이동장에 넣고 문을 닫은 뒤 앞에선 선풍기를, 뒤에선 드라이어를 틀어줬다. 그게 꽤나 스트레스였는지 보들이는 캔사료를 줬는데도 먹는 둥 마는 둥 했다.

어떤 고양이들은 하기 싫은 목욕을 한 뒤 스트레스로 볼일을 아무데나 보는 경우도 있다고 했다. 목욕이 원인인지 알 순 없지만 목욕 뒤 스트레스로 쇼크가 와 고양이별로 떠났다는 글을 본 적도 있다. 보들이가 스트레스를 많이 받은 것 같아 걱정했는데 다행히 다음 날 아침 맛동산과 감자는 화장실에서만 발견됐다.

그렇게 보들이와 라미의 첫 '냥빨'은 비교적 성공적으로 끝났다. 언제나 그렇듯 경험은 교훈을 남겼다. ① 되도록 둘을 동시에 목욕시키진 말아야 한다(다 씻은 보들이를 마루에 두려는 순간 열린 문틈으로 물이 뚝뚝 떨어지는 라미가 튀어나간다. 말리는 것도 쉬운 일이 아니다). ② 추울 땐 하면 안 된다. ③ 비누칠도 헹구는 것도 속전속결로 해야 한다. ④ 그렇다고 자주 할 수도 없기 때문에 꼼꼼히 해야 한다. ⑤ 목욕 끝나고 간식이든 캔이든 충분히 보상해줘야 한다.

아마도 라미와 보들이의 다음 목욕은 내년 늦봄은 돼야 하지 않을까. 라미와 보들이를 자주 씻길 수 없으니 라미와 보들이가 사는 집 청소를 자주 하는 수밖에 없을 것 같다.

39

소리 없는 청소기가 있다면

호기심 넘치는 참견쟁이 라미가 무서워하는 게 집 안에 딱 두 개 있다. 하나는 청소기, 하나는 드라이어다. 겁쟁이 보들이는 좀 많다. 청소기, 드라이어는 물론이고 부채, 깃털, 집사 손 등등 무서워하는 걸 다 손꼽기도 힘들다.

고양이가 청소기 소리를 싫어하는 이유는 모터의 진동소리가 청각이 예민한 고양이에게 공포스럽게 다가오기 때문이라고. 상대를 위협할 때 내는 '하악질'과 데시벨이 비슷해 그런다는 얘기도 있다.

라미나 보들이가 동시에 좋아하거나 싫어하는 게 흔하지 않은데 청소기와 드라이어는 동시에 싫어하는 걸 보면 거의 모든 고양이에게 예외는 없을 것 같다. 주말 낮 청소를 한다고 청소기를 돌리면 둘은 캣타워에 올라가거나 청소하는 반대편으로 도망가기 바쁘다.

보들이가 한창 털 뿜뿜을 시연하던 초여름쯤이었던 것 같다. 청소를 하다 '이 청소기로 보들이 저 털들을 빨아들이면 얼마나 좋을까'

하는 생각을 한 적이 있었다(이런 생각, 나만 하지 않았을 거라 믿고 싶다).

전원을 끄고 보들이에게 다가갔다(청소기 전원을 켜지 않으면 무서워하진 않는다. 역시 외형보다는 소리를 무서워하는 게 맞는 것 같다). 보들이를 살짝 붙잡고 죽은 털을 빨아들이려 청소기 전원을 켰는데…… 놀란 보들인 네 다리에 모든 힘을 모아 발톱을 바짝 세우고 발버둥을 치며 집사의 손아귀에서 벗어났다. 기겁을 하며 빠르게 달아나느라 집사의 양쪽 팔에 깊은 상처를 남겼다. 상처에선 피가 흘렀지만 누구를 탓할 순 없었다. '위험한 장난'을 친 집사 잘못일 수밖에. 청소기를 돌리기 전에 주의하라는 말을 이해할 수 있었다. 창문을 열어놓았다면 밖으로 뛰쳐나갔을지도 모를 일이었다.

수의사들이 쓴 책을 보면, 방 안에 청소기를 틀어놓고 보이지 않게 한 뒤 소리에 적응하게 하거나 청소기를 틀고 간식을 주면서 '좋은 기억'을 남겨주는 방법들이 청소기와 친해지는 법으로 소개되기도 한다. 꽤나 긴 시간이 필요한 방법이라고 소개한다.

청소기닷!
긴장하라옹!

라미와 함께 살기 전 읽은 책이 아니었

다면 나 역시 이런 방법들을 시도했을지도 모르겠다. 그 책을 쓴 수의사는 “고양이가 무서워하는 것 한두 개쯤은 있는 게 어떨까”라며 농담 반 진담 반으로 청소기에 적응시키려 너무 애쓰지 말라고 했다. 호기심쟁이 라미를 키워보니 그 수의사의 말뜻을 이해할 수 있었다. 청소기마저 신기해서 달려들었다면 안 그래도 내키지 않는 주말 청소 시간이 더 괴로웠을지도 모른다.

청소기와 달리 드라이어엔 좀 적응을 했으면 좋겠다는 생각을 자주 한다. 그랬다면 목욕하는 것도 수월할 테고 그래서 더 자주 할 수 있었을 텐데. 청소기와 달리 드라이어 바람을 잘 쐬는 고양이는 종종 발견되기도 하니 청소기보다는 적응 가능성이 더 큰 것 같기도 하다. 그러나 안타깝게도 일주일에 한 번 이상 하는 청소와 달리 목욕은 1년에 한두 번이 전부니 또 드라이어 소리에 적응할 필요를 그리 느끼지 못하는 게 사실이다.

결국 그러저러한 이유로 청소기와 드라이어는 앞으로도 쭉 라미와 보들이에게 공포의 대상으로 군림할 예정이다. 집사를 비롯한 세상 어느 누구, 어떤 것들도 이루지 못한 존재감이다. 보들이 털을 빨아들이지 못하는 게 못내 안타깝긴 하지만, 언젠가 소리가 거의 나지 않거나 고양이들이 무서워하지 않는 털 빨아들이는 기계가 나타나리라 믿는다.

40
아늑한 집이 위험하다

라미가 가장 좋아하는 장난감은 깃털이다. 낚싯대에 매단 깃털을 왼쪽 오른쪽 위아래로 흔들면 라미는 고양이를 닮은 새가 된다. 깃털을 향해 뛰어오르는 모습을 보고 있자면 "역시 고양이는 맹수야"라는 말이 절로 나온다. 그렇게 깃털을 낚아채면 구석으로 끌고 가는데 언제부턴가 이때 뺏으려고 하면 "으르릉~~" 하는 소리를 내기 시작했다. 깃털로 놀아주던 한 보모 이모는 이 모습을 보더니 "라미가 야수로 변한다"며 놀라기도 했다.

라미를 야수로 만드는 이 깃털이 라미에겐 가장 위험한 물건이기도 하다. 깃털을 낚아챈 라미는 쉴 새 없이 씹어댄다. 물어뜯은 깃털을 삼킬 때도 있다. 그래서 그 전에 다시 깃털을 빼앗아야 한다. 집에서 사는 고양이들은 장난감 놀이를 통해 사냥 욕구를 해소하기도 하는데 그래서 깃털 장난감으로 놀아줄 때 고양이에게 잡혀주기도 해야 한다고, 그래야 고양이가 자신감을 가지게 된다고, 어느 수의사가 쓴 책에서 본 적이 있다. 라미는 그 과정에 각별히 신경을 써야 한다.

한번은 라미가 깃털을 낚아채게 한 뒤 잠시 다른 일을 하느라 깜박한 적이 있다. 다시 돌아봤더니 깃털의 절반 이상이 사라진 뒤였다. 라미가 삼켜버린 것이다. 또 한번은 낡은 깃털을 새 것과 바꿔주려다 라미가 낡은 걸 물고 달아난 적이 있다. 잠시 낚싯줄에 새 깃털을 달고 가봤더니 역시 라미가 이미 다 삼킨 뒤였다. 그날 밤 또는 다음 날 모두 토해내긴 했는데 뱉어낸 양이 적지 않았다. 뾰족하거나 날카로웠다면 정말 위험할 뻔했다.

플라스틱 빨대나 병뚜껑 같은 것들 역시 라미가 아주 좋아하는데 가지고 놀 땐 유심히 지켜봐야 한다. 씹고 뜯고 맛보다 삼켜버릴 수 있기 때문이다. 동전도 이쑤시개도 같은 이유로 위험한 물건일 수 있다.

전선을 물어뜯는 고양이들도 많다던데, 다행히도 라미와 보들이는 '전기가 통하는' 선엔 큰 관심을 보이지 않았다. 대신 이어폰 같은 얇은 줄에 관심이 많다. 라미와 보들이를 만나고 돌아간 한 보모 이모는 다음 날 자신의 핸드백 안에서 너덜너덜해진 스마트폰 이어폰을 발견한 적이 있다. 범행 현장을 목격한 사람이 없으니 라미의 소행으로 추정될 뿐이다.

집에 있는 물건 중에 가장 위험한 건 뭐니 뭐니 해도 가스레인지다. 고양이들이 예외 없이 싱크대를 오르내리는 걸 좋아하기 때문에 더욱 그렇다. 모르긴 해도 장모종 고양이들이 더 위험할 거다.

라미와 보들이 역시 가스레인지에 불이 타오르고 있어도 아랑곳하지 않고 그 옆을 지나다닌다. 불행 중 다행으로 라미나 보들이 모두

라미의 애장템,
플라스틱 빨대

활활 타오르는 불이 무서운 건지는 아는 것 같다. 불에 달려들거나 끓은 냄비에 다가가진 않으니까. 그래서 가스레인지에 불을 붙인 뒤엔 항상 고양이들을 지켜봐야 한다.

불붙인 뒤엔 고양이들과 장난도 치면 안 된다. "불 앞에선 장난치는 거 아니"라는 어른들 말씀이 틀린 말이 아니다.

고양이에게 위험한 물건들을 찬찬히 살펴보면 거의 예외 없이 (사람) 아기에게 위험한 것들이다. 라미의 입에 손을 집어넣어, 삼켜버린 깃털을 빼낸 적이 여러 번. 그때마다 같은 행동을 했던 수많은 엄마 아빠들이 떠올랐고, '사람이나 고양이나 어렸을 땐 매한가지'라는 생각을 했다.

물론 사람은 때가 되면 먹을 것, 먹지 말아야 할 것을 구별하게 되는데 안타깝게도 고양이는 평생 누군가의 보살핌이 있어야 한다는 게 다르다. 사람과 함께 사는 고양이의 '숙명'이자, 고양이와 함께 사는 사람의 숙명이겠지만, 라미와 보들이가 말귀를 알아듣는다면 얼마나 좋을까 하는 욕심은, 오늘도 끝이 없다.

당신이 많은 사랑을 베풀어준다면 고양이는 당신의 친구가 되어줄 것이다.
하지만 절대 당신의 종이 되지는 않는다.
테오필 고티에Th□ophile Gautier(프랑스의 시인)

피부양자
박라미, 박보들

41
'피부양자 박라미, 박보들' 안 될까요?

라미와 보들이의 중성화 수술비용은 76만원. '아깝지 않……다'고 했으나, 그래, 아깝진 않은데 비싸긴 했다. 여기저기서 주워들은 고양이 중성화 수술비는 20만원 안팎이었다. 영수증을 보니 수술비가 20만원이긴 했다. '수술비'만.

마취비, 피검사비, 통증패치까지…… "이걸 붙이면 애들이 좀 덜 아프다"고 하는데 거기다 대고 "근데, 얼마예요?"라고 물어보지 못했다. 그 패치가 두 장에 10만원이었다. 연말정산으로 받은 보너스가 고스란히 수술비로 쓰였다(그렇게 믿고 싶다).

두 냥이 수술비가 76만원이란 사실을 수술 전에 알았더라면, 달라졌을까. 예방접종 이력부터 '약간 성격이 급하다'는 팁까지(라미에 해당한다) 고스란히 기록돼 있는 병원을 두고 수술비가 싼 병원을 수소문한다는 것도 쉬운 일은 아니다. 뭐 특별히 고양이를 사랑하고 애지중지하지 않더라도 집사라면 대부분 그런 마음일 거다.

그나마 예방접종이나 중성화 수술은 예상이라도 하고 마음의 준비라도 할 수 있다. 고양이가 갑자기 아파 병원에 갔는데 심각한 증상이 발견돼 입원이라도 하면 그 금액은 상상을 초월한다.

최근 페이스북 '고양이' 페이지에서 본 사례는 이렇다. 밤에 고양이가 소변을 찔끔찔끔 보길래 급히 병원에 데리고 갔더니 방광염이라고. 하루 입원하고 퇴원했는데, 비용이 70만원이었다고 했다. 글을 올린 집사는 '야간 진료 할증' 'X레이' '초음파' '요도 카테터(소변의 배출이나 방광 세정을 위해 사용되는 관) 삽관' '입원비' 등이 표시된 영수증 사진도 첨부했다. 그 집사는 대학생이었다. 직장인에게도 적지 않은 금액인데 일정한 수입이 없는 대학생에게 70만원은 너무 큰 돈이다.

이런 가정 하면 안 되지만, 수입도 없는 대학생에게 하루 수십만원의 병원비가 나오고 또 앞으로 그 이상의 비용이 예상된다면, '안 좋은 마음'을 품을 수도 있지 않을까. 아파서 버려지는 강아지와 고양이들이 여전히 많다. 시중엔 반려동물용 보험상품들이 있지만 예방접종이나 중성화 수술비용을 지원하지 않거나 예방접종이 존재하는 병들을 ― 예를 들어 고양이 범백 같은 경우 ― 보장하지 않는 상품들이 다수다. 보험금도 싸지 않다.

월급명세서에 찍힌, 10만원이 넘는 건강보험 공제내역을 보면서 이런 생각을 해본다. '난 피부양자도 없는데 우리 라미와 보들이를 피부양자로 올려 의료보험 혜택을 누릴 수 없을까'라고.

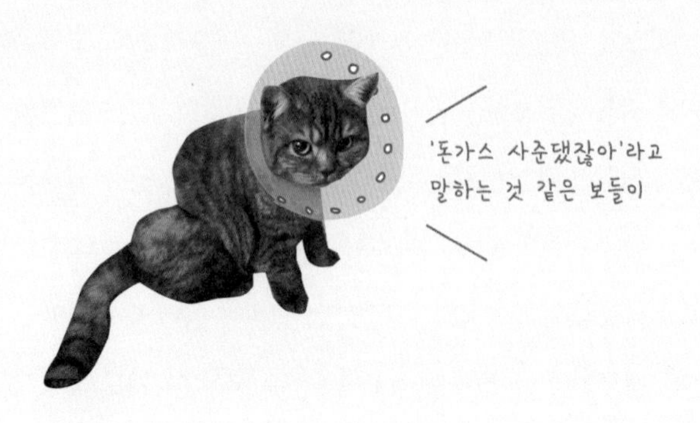

그러면 굳이 펫보험 같은 걸 찾을 필요 없을 텐데. 육아휴직에 들어간다는 동료들을 보며 이런 생각도 했다. '보살핌이 필요하고 한창 귀여운 아깽이 시절엔 집사도 육아휴직을 갈 수 있었으면' 하고. 그러면 고양이는 물론이고 사람인 집사에게도 훌륭한 '힐링 타임'이 될 텐데. 아, 보육수당도 주면 얼마나 좋을까. 학자금 지원도…….

별 고양이 풀 뜯는 소리 같겠지만(고양이는 사실 풀 뜯는다), 대통령이 유기된 반려동물을 키우는 세상이 됐으니, 언젠가는 이런 세상도 오지 않을까. 지금은 당연시하는 아빠의 육아휴직도 과거엔 상상하기조차 힘든 일이었으니.

42

냥이 물건들은 왜 이리 비쌀까

살림에 쪼들리는 집사의 하소연 2탄쯤 되겠다. 사람 아기를 키우신 위대하신 부모님들은 그냥 '패쓰'하셔도 좋을 내용이다. 아무리 고양이 용품이 비싸기로서니 사람만큼 할까.

라미에게 준 최초의 고가 용품은 캣타워였다. 고양이가 사는 공간은 얼마나 넓으냐보다 오르내릴 공간이 얼마나 많으냐가 더 중요하다 들었다. 그래서 라미가 오자마자 캣타워를 장만했다. 캣타워 시장은 정말 무궁무진했다. 중국산 2~3만원짜리부터 원목으로 주문제작하는 40~50만원 고가품까지 스펙트럼이 넓었다.

30만원 안팎 원목 캣폴이 눈에 아른거렸지만 '소모품이니까 다음에 더 좋은 걸 해주자'고 마음을 다잡았다. 7만원짜리 캣타워를 샀다. 다행히도 회사에서 준 복지 포인트가 있었다. 소파 위에 올렸더니 라미가 맨 꼭대기에 오르면 천장에 닿을락말락했다. 아주 좋아했다.

의외의 고양이 필수품 스크래처도 가격이 천차만별이다. 라미를 데려오기 전날 대형마트에서 샀던 12,000원짜리 평판 스크래처는 인기가 없었다. 라미가 오고 한 달 만에 M자 형태의 더 크고 견고한 스크래처로 대체됐다. 이건 4만원.

일주일에 많아야 한 번 정도였지만 바깥 구경을 하려면 라미가 들어갈 만한 가방이 필요했다. 이걸 검색하다 또 못 볼 걸 봐버렸다. '우주선가방'을 봐버린 것. 투명한 아크릴 판을 붙여서 가방에 앉은 고양이들이 바깥 풍경을 볼 수 있게 만든 가방이었다. 이것 역시 디자인과 가격이 다양했다. 2만원 안팎의 저렴한 모델부터 10만원이 훌쩍 넘는 국산품까지. 고민에 고민을 거듭하다 결국 우주선가방 역시 후순위로 밀렸다. '고양이랑 산책을 얼마나 한다고'라는, 내 안의 또 다른 내가 핀잔을 줬기 때문. 결국 여성용 핸드백보다 조금 너 큰, 앞으로 맬 수 있는 반려동물 산책용 가방을 샀다. 38,000원.

중성화 수술 때문에 고양이 이동장도 하나 더 사야 했다. 이건 33,000원. 고양이 치약은 70g 용량이 2만원. 물 먹는 게 중요하다고 해서 간이 정수기도 샀다. 2만원. 세로형 스크래처가 다 낡아서 82cm 큰 걸로 새로 장만했다. 33,000원…… 사료와 모래, 돌돌이(테이프클리너)는 포함하지도 않았으니, 이러고 안 망하는 게 신기하다.

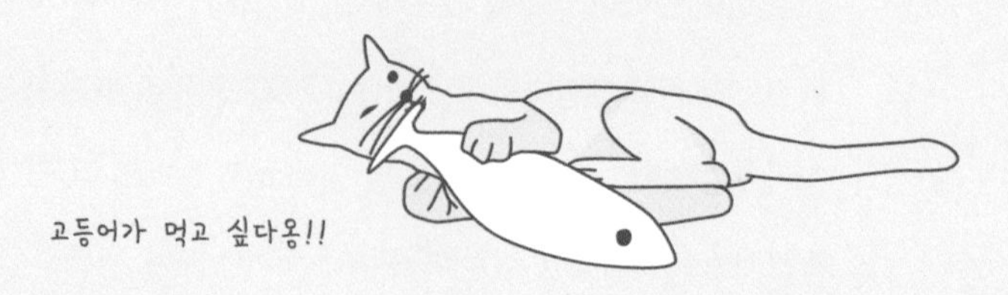

고등어처럼 생긴 쿠션 인형 장난감을 사려고 인터넷을 뒤질 때였다. "고등어 냄새가 나는 것도 아니고, 걔(고양이)들이 그게 뭔지나 알아? 다들 사람들 좋자고 그러는 거 아냐?" 옆자리 동료의 이 말에 뜨끔한 적이 있다. '그냥 나 좋자고 쇼핑한 건데 얘네들 탓으로 돌리는 건 아닐까' 하는 생각이 들었기 때문이다.

라미나 보들이의 사용 후기를 들어볼 수가 없으니 그 답은 앞으로도 영영 찾을 수 없을지도 모르겠다. 뭐, 얘네들이야 비싸든 저렴하든 뭔가 새로운 게 들어오면 신기해서 나쁘진 않겠지. 그래서 집사는 오늘도 고민 중이다.

이제 슬슬 캣타워를 새로 장만할 때가 됐는데, 이참에 원목 캣폴로 바꿔볼까. 아니면 원목 캣폴 가격의 10분의 1밖에 하지 않는 ㅇ사의 옷걸이 겸 선반으로 대체할까. 아기들 키우는 엄마 아빠들은 얼마나 고민될까. 참, 별의별 걱정을 다 하고 있다.

고양이용품은 비싸지만
때론 택배 상자보다
못한 대접을 받을 때도 있다

43

대리석이냐 '스테인리스 쟁반'이냐

시도 때도 없이 철퍼덕. 7월 초부터 방바닥에 배를 깔고 눕는 일이 늘어났다. 라미와 보들이의 생애 첫 여름은 그렇게 왔다.

여름 준비를 집사가 따로 한 건 없었다. 오히려 냥이들이 열심이었다. 슬슬 더워지는 날씨에 맞춰 둘은 열심히 털을 뿜어냈다. 털부자 보들인 꼬리 가까이 등 부분에 맨살이 보일 정도였다. 핼쑥해 보이기까지 했다.

7월 중순, 장마와 더위가 함께 쳐들어오니 뭔가 대책이 필요했다. 기름 한 방울 나지 않는 나라에서 에어컨을 틀어놓고 출근을 할 순 없었다. 지난해까진 빨래를 말리려 선풍기 타이머를 맞춰놓고 출근하기도 했는데, 이번엔 그러지도 못했다. '반려견 위해 선풍기 틀었다 화재' 기사를 봐버렸기에.

그러던 찰나 '고양이 쿨매트'라는 걸 누군가의 인스타그램에서 발견했다. 알루미늄 재질에 키가 낮은 냄비처럼 생긴 물건이었다. 그 안에 들어가 몸을 동그랗게 말고 누운 고양이 모습을 봤다. 후기를 보니 "사람이 발을 넣어도 시원하다"고. 값을 알아보니 싼 건 35,000원,

비싼 건 7만원. 잠시 보류했다.

대리석으로 만든 것도 있었다. '역시 고양이용품 시장의 확장 가능성은 무궁무진하다'고 감탄하며 값을 알아보니 2~3만원대부터 10만원이 넘는 것까지 다양했다. 알루미늄 냄비와 대리석 매트. 무엇으로 할까 검색하다 다른 차원의 고민이 시작됐다.

'저걸 사놓으면 올라가서 드러누울까' '저걸 마루에 두면 또 공간을 차지하겠군' '소파에 캣타워에 티브이받침대까지 죄다 걔들 물건인데……' 먼지와 털이 수북이 쌓인 대리석을, 알루미늄 냄비를 보고 있자면 더 더워질 것 같았다. 결국 "나 어릴 땐 에어컨 없이도 잘만 살았다"는 아버지의 마음으로 대리석도 알루미늄 냄비도 접었다.

뭔가 대용할 게 없을까 싶어 검색을 하다 '냥이 쿨매트 대용 스테인리스 쟁반'을 발견했다. "오천원으로 벌써 세 번째 여름을 잘 나고 있어요." 뭐니 뭐니 해도 가성비에서 따를 자가 없었다는 후기가 줄을 이었다. 동네 만물상엔 없길래 인터넷으로 주문했다. 스테인리스 원형쟁반 9호 47.2㎝ 7,150원.

그런데 역시나, 라미는 관심도 없었고, 보들이도 한두 번 올라가기만 할 뿐 배를 깔고 눕진 않았다. 쟁반의 재질 탓인지 두께 탓인지 발을 올려봐도 시원한 감촉이 느껴지지 않았다. 애들의 취향 탓이라기보단 가성비에 눈이 먼 짠돌이 집사의 판단 착오였다.

쟁반은 결국 제 위치인 부엌으로 쫓겨났다. 쿨매트 도입 계획은 1년 뒤로 미뤄졌다. '스테인리스 쟁반'의 실패로 냥이들을 시원하게 해줘야겠다는 의욕이 꺾였고, 무엇보다 너무 더워서 만사가 귀찮았다. 퇴근 뒤엔 에어컨을 켜고, 출근 전에 화장실 문을 열어두는 것으로 합의를 봤다. 독자적인 합의.

다행히 기특한 두 냥이는 숨 한번 헐떡이지 않고 대낮엔 틈틈이 화장실 바닥에 엎드려 열을 식히면서, 해수면 상승기에 접어든 지구 대한민국 서울의 무더위를 잘 넘기는 중이다. 밤낮 가리지 않고 레슬링하는 둘을 보면서 혹시 어쩌면 이 정도 더위는 아무렇지 않은 건 아닐까 하는 상상도 해본다. 그래도 내년 여름엔 대리석이든 알루미늄 냄비든 꼭 장만해줘야겠다는 생각도 하면서.

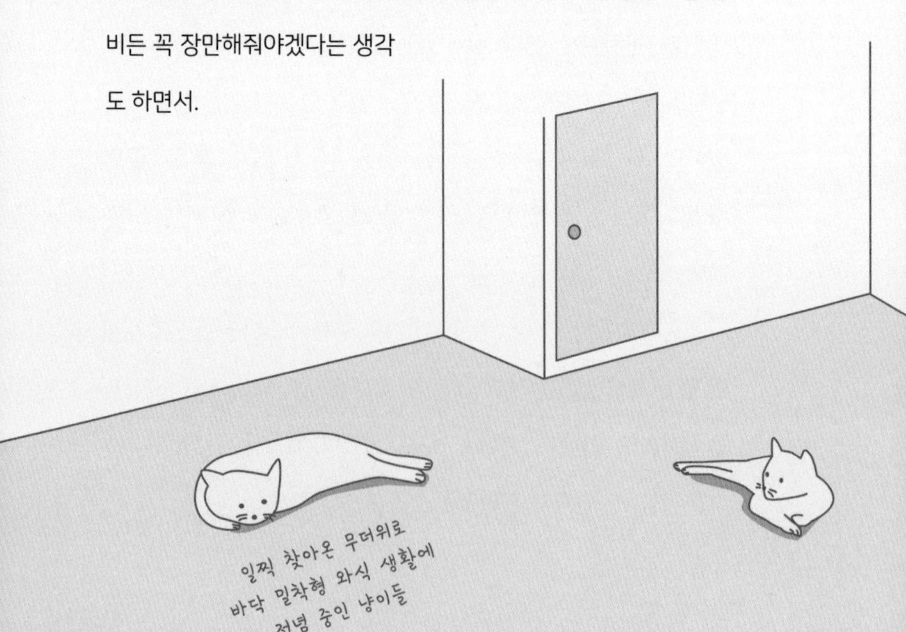

44

최고의 '가성비'를 찾아서 1 _타이머식기

사료를 쌓아놓고 알아서 먹던 자율급식에서 사람처럼 하루에 세 번 밥을 먹는 제한급식으로 바꾸며 자동급식기는 필수품이 됐다. 아침과 저녁은 직접 줄 수 있지만 집사가 출근한 뒤 먹어야 하는 점심을 줄 수 있는 방법이 없었기 때문이다.

고양이나 강아지를 위한 자동급식기의 세상도 넓고 넓었다. 카메라가 달려 있어 외부에서 스마트폰 화면을 보면서 사료를 '쏴줄' 수도 있고(32만원), 5칸 또는 6칸으로 나눈 식기가 한 칸씩 돌아가면서 열려 대여섯 끼를 자동으로 시간에 맞춰 공급해줄 수도 있었다(88,000원). 때가 되면 "우리 냥이들 밥 먹자"는 주인 목소리와 함께 사료가 나오게 할 수도 있었다(12만원). 돈만 있으면.

제한급식 뒤 라미와 보들이는 하루 세 번 밥을 먹는다. 아침 6시, 오후 2시, 밤 10시. 8시간 간격인데, 밤 10시 식사는 하도 보채는 바람에 주로 8~9시 사이에 먹는다. 밤 10시는 직접 주고, 주면서 아침 6시에 열리게 자동급식기를 맞춰주면 되고, 아침에 일어나 자동급식기를 비우고 다시 오후 2시에 맞춰놓고 출근하면 된다……는 계산이 나왔다. 결국 대여섯 끼를 맞춰놓을 필요도, 스마트폰 화면으로 영상을 보면서 줄 필요도 없다는 결론이 나왔다. 기본 타이머 기능에 충실한, 한 번만 맞추면 알아서 한 번만 열리는 식기면 충분했다. 17,500원짜리였다.

작은 배터리(AA) 하나면 최장 48시간까지 원하는 시간에 알아서 열리는 신통방통한 물건이었다. 그리 크지 않아 라미가 얼굴을 들이밀면 보들이는 기다렸다가 라미가 빠져야 먹을 수 있었는데 후다닥 먹고 빠지는 라미와 진득하게 앉아 먹는 둘의 식사 스타일이 달라 큰 어려움은 없었다. 플라스틱 식기였지만 다른 고양이들이 흔하게 겪는 '턱드름(턱과 입 주변에 까만 점들이 생기거나 각질, 염증 등이 생기는 증상)'도 생기지 않았다(역시 라미와 보들이는 은근 저렴이 스타일이다).

17,500원 주고 사서 1년 넘게 하루 두 끼를 책임지고 있는 셈이니 '가성비'로 보자면 라미와 보들이 용품 중 최고가 아닐까 싶다. 바람이 있다면 이 정도 가성비를 뽑아내기 위해 집사가 하루에 두 번, 하루도 빠짐없이 설거지를 해준다는 걸 알아줬으면 좋겠다. '플라스틱 밥그릇 그까짓 거, 물로 대충 헹구면 되는데 무슨 유세냐'고 할 수도 있겠으나.

근데 어쩌면 라미와 보들이도 타이머식기에 대해 할 말이 있을지도 모른다. 때 되면 열려야 하는 타이머식기가 기약 없이 침묵했던 적이 여러 번 있었기 때문이다.

주로 집사가 장기간 집을 비워 보모 이모들이 왔을 때 벌어졌다. 가장 최근은 지난 2017년 추석 연휴였다. 그날 오기로 약속한 보모 이모가 집에 들어오니 보들이가 타이머식기 앞에 꼼짝도 않고 앉아 있었다고 한다. 하필 집사가 부재중인, 하루에 한 번 또는 두 번 밥을 먹어야 할 때 그런 일이 일어났으니, 얼마나 배가 고팠을까. '이놈의 집사, 어디서 뭘 하다 이제 오느냐'며 기다리고 있었겠지. 지금 생각해도 미안해 죽겠다.

타이머식기가 침묵한 정확한 원인은 지금까지도 밝혀지지 않았다. ① '반시계 방향으로 돌리면서 시간을 맞춰야 하는데 시계방향으로 돌렸다'는 의견이 있고, ② '식기 뚜껑이 제대로 닫히지 않은 상태에서 타이머를 돌려 작동이 안 됐다'는 의견도 있다. ③ '기계가 싸구려라 랜덤'이라는 의견도 있었다.

타이머식기의 개봉을
기다리는 보들이

45

최고의 '가성비'를 찾아서 2 _매직 글러브

라미, 보들이와 함께 산 지 6개월쯤 된 어느 봄날이었던 것 같다. 페이스북에 '신박'한 동영상이 하나 떴다. 제법 큰 강아지의 주인이 파란색 장갑을 끼고 강아지 몸을 쓱쓱 문지른다. 플라스틱 돌기가 나 있는 손바닥 쪽 면에 강아지 털이 수북이 붙는다. 몇 번 왔다 갔다 했을 뿐인데 그렇게 많은 털이 붙는 게 신기했지만 그게 끝이 아니었다. 장갑에 털이 붙는 것보다 제거되는 게 더 신기했다. 장갑에 붙은 수많은 털들이 마치 부침개처럼 한 번에 깔끔하게 떨어지는 모습에 넋을 잃었다.

고양이 털을 빗는 것도 쉽지 않지만 더 귀찮은 과정은 빗에 붙은 털들을 제거하는 일이었다. 빗 사이사이에 낀 털은 물에 헹궈도 테이프를 갖다 대도 쉽게 떨어지지 않는다. 그 스트레스를 한 방에 날려줄 수 있는 물건이었다. 이름처럼 '매직 글러브'였다. 게시물에 달린 링크를 따라 들어가 당장 하나를 결제했다. 외국 쇼핑몰이었지만 가격이 15달러 정도였기에 큰 부담은 없었다. 아마 150달러였더라도 약간의 고민 끝에 구입했을 것이다.

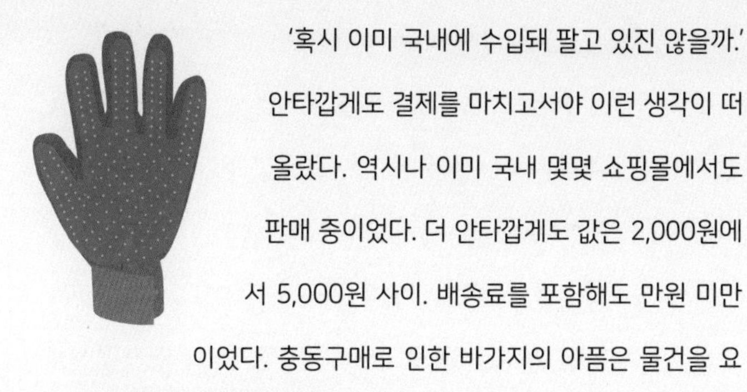

'혹시 이미 국내에 수입돼 팔고 있진 않을까.' 안타깝게도 결제를 마치고서야 이런 생각이 떠올랐다. 역시나 이미 국내 몇몇 쇼핑몰에서도 판매 중이었다. 더 안타깝게도 값은 2,000원에서 5,000원 사이. 배송료를 포함해도 만원 미만이었다. 충동구매로 인한 바가지의 아픔은 물건을 요긴하게 쓰는 것으로 잊기로 했다.

두 냥이들은 여름을 앞두고 열심히 털 뿜뿜 중이었다. 보들이야 말할 것도 없고 한때 나와 함께 침대에서 같이 잠들었던 라미도 계절의 섭리에 순응하고 있었다. 그즈음 난 이들의 털에 항복 선언을 한 상태였지만 손만 대도 묻어나오는 털을 그냥 두고 볼 순 없었다. 매직 글러브의 '매직'이 필요한 때였다.

글러브에 털이 붙는 원리는 정전기였다. 보들이 몸에 열심히 장갑 낀 손을 '부비부비'하면 빳빳하거나 부드러운 털들이 수북이 붙어 나왔다.

영상으로 본 매직은 반은 사실이고 반은 과장이었다. 정전기 원리인 탓에 털이 잘 붙기도 했지만 같은 원리로 장갑에 붙은 털뭉치가 깔끔하게 떨어지진 않았기 때문이다.

뭐 거기까진 좋았는데 장갑에 붙는 털 못지않게 날리는 털들도 엄청났다. 내 몸에 묻는 것은 물론이고 입에도 붙고 눈꺼풀에도 붙을 정도였다. 도저히 마루에서 할 수준이 아니었다.

그 덕분에 보들이는 일주일에 한두 번 옥상 구경을 할 수 있었다. 어느 따뜻한 봄날, 매직 글러브로 고양이 털을 골라주는 집사를 상상해보면 된다. 그게 나와 보들이였다. 쓱쓱, 몇 번 문지르면 장갑에 달라붙지 못한 수많은 털들은 옥상 바닥을 나뒹굴다 바람을 타고 온 동네로 퍼져나갔다. 보들이도 함께 옥상 바닥을 뒹굴었다.

한여름 무더위로 옥상에 가기 어려울 땐 화장실을 이용하기도 했다. 화장실 문을 닫고 요리조리 피하는 보들이를 붙잡아가며 쓱쓱 싹싹…… 곧 화장실 바닥은 물론이고 공기중에도 털이 흩날렸다. 마치

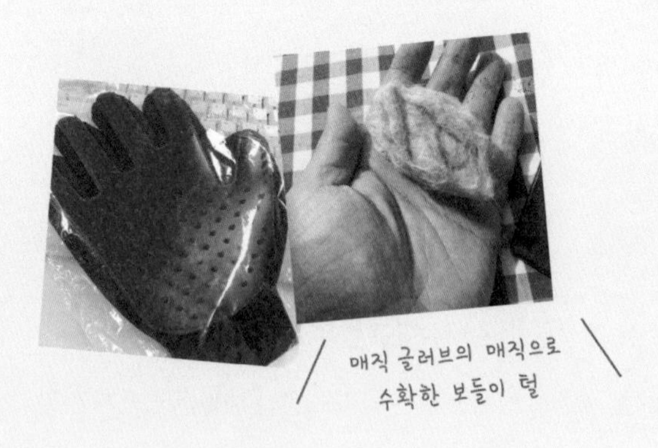

매직 글러브의 매직으로
수확한 보들이 털

닭장 속에 들어온 것처럼. 장갑에 붙은 털을 떼는 동안 보들이는 또 뭐가 좋은지 아니면 안 좋은지 화장실 바닥에서 뒤집기를 하고, 또다시 온몸에 털이 다 묻고…….

비록 약간의 바가지와 약간의 과장광고에 당한 면은 있지만, 지금껏 어떤 털빗도 이루지 못한 일을 매직 글러브는 해냈다. 6개월쯤 쓰고 나니 플라스틱 돌기가 닳거나 떨어지기도 해 새로 다시 구입했다(이번엔 개당 4,500원에 샀다. 배송비가 아까워 두 개 주문).

털에 무뎌진 건지 실제로 덜해졌는지는 모르겠지만 가을엔 봄에 비해 털 뿜뿜이 덜했다. 그사이 집사는 좀 더 게을러졌고 때마침 라미와 보들이가 목욕을 했다는 핑계까지 더해졌다. 매직 글러브를 거의 쓰지 않았다는 얘기다. 심지어 새로 산 글러브의 택배 상자도 열어보지 않았다. 머잖아 쓰일 때가 또 오겠지. 시간은 잘도 흐를 테고 곧 봄이 올 테고 또다시 털 뿜뿜은 시작될 테니까.

46
최고의 '가성비'를 찾아서 3_이동장

'공간이 넓고, 입구가 위쪽(지붕)으로도 나 있고, 그럼에도 가벼울 것.'

고양이의 '두 번째 집' 이동장이 갖춰야 할 조건이었다. 아깽이들은 피치 못하게 집 밖으로 나가야 할 때가 많다. 입양을 오가면서 때로는 먼 거리를 이동해야 하고, 예방접종 및 잦은 발병으로 병원 갈 일도 잦기 때문이다. 그때마다 언제 어디로 튈지 모르는 고양이를 품에 안고 움직일 순 없는 노릇. 이동장이 입양 전 필수품인 이유다.

그런 중요한 이동장을 '마트에 가면 있겠지'라는 생각에 라미를 만나기 전날 저녁에서야 장만하려 했다. 당연히 대형마트엔 입맛에 딱 맞는 이동장이 없었다. 크기도 작고 털이 묻는 천 재질뿐이었다. 입구가 위쪽에도 있는 건 당연히 없었다(입구가 위쪽에 있으면 이동장에 안 들어가려는 고양이를 넣기가 상대적으로 쉽기 때문이다). 고양이들과 살아온 경력이 생긴 요즘이라면 '이동장 없어도 뭐 차에 태우고 오면 되니까'라고 생각하겠지만, 그땐 그런 생각을 할 여유가 없었다. 이동장도 챙겨오지 않은 '개념 없는' 예비 집사가 될 순 없었다. '일단 급한 대로 대충 사고 다음에 좋은 걸로 다시 사자'는 마음으로 공간도 넓지 않고 입구가 위쪽으로 나 있지도 않은, 그저 그런 천으로 된 이동장을 샀었다. 15,000원.

사람도 마찬가지겠지만 고양이들 역시 병원 가는 걸 싫어한다. 병원 가는 게 싫다 보니 병원을 가기 위한 사전 과정들 역시 싫어하고 거부한다. 병원도 가기 전에 고양이를 이동장에 넣다 진이 다 빠졌다는 집사들의 경험담도 많았다.

그래서 전문가들은 "고양이가 이동장과 친해지게 하라"고 조언한다.

그 조언을 충실히 따랐다. 마치 가구처럼 이동장 문을 열고 거실에 무심히 두었다. 때마침 날이 쌀쌀해지기 시작했다. 차가운 마룻바닥보다 천으로 된, 푹신한 깔판까지 있는 이동장은 좋은 침대가 되었다.

그 덕분인지, 라미가 워낙에 호기심 넘치기 때문인지는 알 수 없지만, 적어도 병원에 가기 위해 집을 나서는 데 어려움은 겪지 않았다. 엉덩이만 툭툭 쳐주면 별 저항 없이 이동장에 잘 들어갔다. 거기만큼 편안한 곳도 없었을 거다.

보들이가 온 뒤엔 이동장을 사이좋게 나눠 썼다. 아무래도 라미보다

수면 시간이 많은 보들이가 이동장 안에 있는 시간이 더 많았다. 다행스럽게도 라미나 보들이 모두 물건에 대한 소유욕은 없어 보였다. 서로 들어가겠다고 싸우거나 뺏고 뺏기는 모습은 본 적이 없다. 그래서 아직도 둘 사이에 누가 서열이 앞서는지, 서열 따위가 있기는 한지 알 수가 없다.

그렇게 '2묘 1이동장'으로 잘 살다가 중성화 수술을 앞두고 이동장을 하나 더 마련했다. 수술을 하고 상처를 꿰맨 상태에서 둘을 한 이동장에 넣거나 어느 하나를 이동장 밖에 두고 병원을 오갈 순 없었기 때문이다. 이번엔 공간도 넓고 위쪽으로도 열리고 천 재질도 아닌 것이었다. 5만원쯤 했던 것 같다.

병원 간호사들이 작은 이동장엔 '라미집', 큰 이동장엔 '보들이집'이라는 스티커를 붙여주었다. 별 뜻은 없었다. 단지 보들이 덩치가 좀 컸기 때문에 큰 이동장에 보들이가 들어간 것일 뿐.

수술 이후 두 이동장을 동시에 쓸 일은 아직까지 일어나지 않았다. 덕분에 큰 이동장은 보일러실에서 좁지 않은 공간을 차지한 채 먼지가 쌓이고 있다. 반면 임시직이었던 작은 이동장은 '라미집'이라는 스티커를 붙인 채 오늘도 라미 또는 보들이의 침실 역할을 충실히 수행하는 중이다. 그 이동장에 담겨(?) 라미도 보들이도 한집 식구가 되었다. 그러니 그 가성비는 차마 숫자로 매기기 힘들 정도로 높고 크다.

47

고양이 양육비

"한 달에 얼마나 들어요?"

고양이랑 산다고 하면 많이들 물어보는 질문이다. 그러면 난 "대략 10만원 정도 들지 않을까요"라고 답한다. 계산해본 적은 한 번도 없다. 그래서 대략 계산해봤다. 정말 대략이다.

우선 '밥값'. 라미와 보들이는 건사료와 캔사료를 섞어 먹는다. 캔은 이틀에 한 번만 주고 나머진 모두 건사료를 준다. 한 달로 계산하면 캔은 15개, 건사료는 한 번에 30g씩 하루에 세 번 또는 두 번(캔 주는 날)을 주니까, 한 달에 2,250g(=150g×15)을 주는 셈이다.

캔사료 하나의 가격은 대략 2,500원. 건사료는 조금 복잡한데, 셈을 해보니 1g에 14.35원이 나왔다. 따라서 캔과 건사료의 한 달 비용은 (2,500원×15)+(2,250g×14.35)=69,787.5원, 약 7만원이 나왔다. 보통 30g보다 더 줄뿐더러, 라미가 보채면 간식처럼 주기도 하니까 8만원으로 잡아야 한다. 음…… 꽤 많이 든다.

밥값 외에 정기적으로 드는 비용은 모래다. 라미와 보들이는 두부모래를 쓴다. 한번 살 때 두부모래 7리터짜리 6개 묶음을 사는데 보통 4만원 안팎이다. 가장 최근에 산 이력을 보니 지난 8월 초에 한번

뭐여, 다 먹은 거냥!
보들이의 아깽이 시절

사고 최근 10월 초에 샀다. 따라서 한 달에 2만원. 아…… 벌써 10만원이다.

석 달에 한 번씩 먹는 구충약은 3,000원밖에 안 하니 그건 무시하면, 여기까지가 정기적으로 드는 비용이다. 간식은 아직까지 돈을 들여 산 적은 없다. 함께 배송된 사은품이나 보모 이모들이 선물로 준 것들로 연명하고 있다.

물론 이게 끝은 아니다. 가끔씩 들어가는 거액들이 있다. 병원에 가거나 물건들을 장만할 때 예상치 못한 비용이 들어간다. 가장 최근엔 보들이가 설사를 해서 병원에 갔고(5만원), 낡은 캣타워를 버리고 캣폴을 장만(27만원)했다. 라미와 보들이가 아깽이 시절엔 예방접종비도 만만치 않게 들었다.

그래서 정리를 해보자면, "고양이와 함께 사는 데 한 달에 '정기적'으로는 10만원 조금 넘게 든다"고 말할 수 있다. "그래도 어린이집에 보내거나 수학학원, 영어학원에 보내지 않는 게 다행……"이라고 하기에도 적지 않은 비용이다. '부정기적' 비용은 넣지도 않았으니.

물론 세상일이 다 그렇듯, 돈이 중요하지만 전부는 아니다. 돈이 없어 고양이와 함께 살지 못하는 사연들이 가끔 들리지만, 돈과는 무관하게 버려지는 고양이는 그보다 수십 수백 배 많을 것이다.

그래서 난 "한 달에 얼마나 드느냐"는 질문을 받으면 그냥 대충 얼버무린다. 당연히 그런 질문을 할 순 있지만, 함께 사는 내게는 그리 결정적인 내용이 아니기 때문이다.

언젠가 내게도 "10만원 정도 들지만 돈으론 계산이 안 되는 좋은 것들이 있다"고 말하고 다닐 날이 올 것이다.

이미 와 있는데 내가 모르고 있을지도.

48

캣폴의 등장

캣타워 또는 캣폴은 집에서 사는 고양이에게 할 수 있는 최고의 선물이(라고 생각한)다. 마당과 나무가 있는 넓은 집에서 자유롭게 뛰어놀면 좋겠지만 현실은 빌라 또는 다세대주택에 사는 고양이들(그리고 집사). "자, 밥 먹었으니 나갔다가 점심때 맞춰 들어와라" 하고 내보낼 수 있으면 얼마나 좋을까.

거의 일생을 집 안에서 살아야 하는 고양이에게 집 안에서라도 오르내릴 수 있는 경험을 줄 수 있는 게 바로 캣폴 또는 캣타워다.

고양이의 거주지는 얼마나 넓으냐보다 얼마나 오르내릴 곳이 많으냐가 더 중요하다는 얘길 들었다. 그래서 라미를 데려오고 며칠 지나지 않아 캣타워를 장만했었다. 높이가 1m 50cm쯤 됐을까. 기존에 쓰던 소파 위에 올리면 그나마 애들이 타고 오르는 기분은 느낄 수 있었다. 5만원쯤 주고 산 것으로 기억하는데, 적은 돈은 아니지만 만듦새가 그리 좋은 것도 아니었다. 중국산 합판을 이어 붙였고 인조섬유로 마감을 한 물건이었다. 먼지가 잘 쌓이고 내구성이 그리 좋지 않아 보였지만 '일단 써보고 다음에 좋은 걸로 장만하자'는 마음이었다.

물론 이런 집사의 '찝찝함'과는 별개로, 라미와 보들이는 좋아라했다. '먼지가 잘 쌓인다'는 건 사람의 기준일 뿐. 고양이에겐 차갑지 않고 부들부들한 촉감이 좋은 것 같았다. 보들이는 맨 꼭대기 층에서 일광욕하는 걸 좋아했다. 퇴근해 돌아와 캣타워에서 두 번째로 높은 층을 톡톡 두드리면 라미는 한달음에 뛰어올랐고 그런 라미의 온몸을 만져주는 것으로 '퇴근 세리머니'를 대신했다.

안타깝게도 두 냥이들이 좋아라하는 것과 비례해서 캣타워는 점점 때 묻고 낡아졌다. 기둥 사이사이엔 고양이들이 발톱을 긁을 수 있는 스크래처용 굵은 실이 감겨 있었는데 애들 키가 점점 커지니 결국 실이 감기지 않은 위쪽을 긁기 시작했고 천들이 떨어지기 시작했다. 이음새 부분마다 박힌 털들은 진공청소기를 갖다 대도 빨려들지 않았다. 이것들이 청소할 때마다 눈에 보였다. '이제 바꿀 때가 됐구나.' 고양이보다 집사가 더 간절했다.

이번엔 캣타워 대신 캣폴을 사기로 했다. 공간을 덜 차지하고 캣타워보다 캣폴이 더 높은 곳까지 올라갈 수 있는 구조였기 때문(캣타워는 받침대가 있고 그 위로 기둥이나 하우스 등이 연결된 것인 반면, 캣폴은 바닥부터 천장까지 긴 폴 사이사이에 발판이나 하우스, 해먹

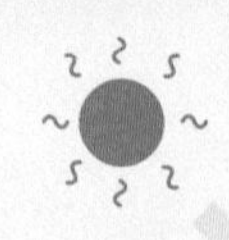

햇살 좋은 날
일광욕 중인 라미

등을 끼우는 방식이다).

그런데, 역시나, 문제는 다들 참 비쌌다. 폴과 발판 세 개로 된 '기본구성'에 고양이가 들어가 쉴 수 있는 하우스와 해먹을 포함하면 30~40만원을 훌쩍 넘기기도 했다. 원목을 사용하고 국내에서 주문제작하니 그 정도 할 만하긴 했다(예전 목공을 배울 때 보니 원목 가격이 만만치 않았다). 가장 많이들 구입하는 '가ㅇㅇㅇㅇ' 회사 제품은 폴+발판 3개+하우스+해먹 구성이 36만원이었다.

다행히 선배 집사들이 추천하는 가성비 좋은 제품을 찾았다. 때마침 추석 연휴라 배송이 지연된다는 이유로 할인행사를 하고 있었다. 연휴가 끝나고 헛헛한 마음을 달래려 질렀다. 268,000원. ㄱ사의

36만원짜리와 같은 구성이었다.

별로 걱정하지도 않았지만 역시나 라미와 보들이는 설치한 첫날부터 쉽게 적응했다. 예상대로 보들인 해먹에 배를 깔고 누웠고 라미는 이전보다 더 높아진 '펜트하우스'에서 모두를 내려다봤다. 적지 않은 금액이 들었고 무거운 기둥과 하우스를 혼자서 설치하느라 때 아닌 진땀을 흘렸지만, 보람 있었다.

5만원짜리로 1년 썼으니 이번에 장만한 캣폴은 못해도 5년은 써야 하는데 계획대로 될진 모르겠다. 급할 땐 두 칸씩 오르내리는 라미와 점점 무거워지는 보들이의 엉덩이를 얼마나 버텨내느냐가 관건일 것이다. 마음 같아선 10년은 쓰고 싶은데 얼마나 '협조'를 해줄지.

49

황태닭가슴살애호박당근수프

아는 만큼 괴롭다. 우연히 어느 기사를 통해 『개·고양이 사료의 진실』이라는 책을 알고, 읽게 됐다. 캐나다에 사는 반려동물 사료 전문가가 쓴 책이다. 개와 고양이 사료가 어떤 재료로 어떻게 만들어지는지를 '폭로'한 책이다. 반려동물과 함께 사는 사람이라면 한번 읽어볼 만한 책이다(나 혼자 괴로울 순 없다).

책의 내용은 충격적인데 결론은 간단하다. '사료를 먹(이)지 말라' '사람이 먹듯이 개와 고양이도 만들어 먹자.' 다 맞는 얘긴데, 사실상 불가능한 얘기다. 나 역시 삼시 세끼를 거의 밖에서 사먹는다. 라미와 보들이가 온 뒤론 더 심해졌다. 냄새 나는 음식들을 준비하는 것도, 느긋하게 먹는 것도 쉬운 일이 아니다. 라미가 가만두지 않기 때문이기도 하지만 그게 전부는 아니다. 현실적으로 사료를 포기할 수는 없겠지만 일주일에 한두 번 주말엔 그래도 시간이 넉넉하니까 직접 만들어봐야겠다 생각했다. 레시피가 적힌 책이나 선배 집사들의 경험담을 보니 사람이 먹는, 그래서 흔히 구할 수 있는 건강한 재료 중에 고양이가 먹을 수 있는 것들이 꽤 많았다. 그중 라미와 보들이가 잘 먹을 만한 것들을 동네 슈퍼에서 샀다.

닭가슴살과 애호박, 당근을 샀다. 육식동물인 고양이에게도 섬유질은 필요한 영양소라고 했다. 소화를 돕고 털도 건강해진다고. 다만 그래도 육식동물이니까 닭고기와 채소의 비율을 8대2 정도로 맞췄다. 혹시나 해서 라미가 환장하는 황태채로 육수를 냈다.

황태를 건져 식히면서 닭가슴살과 애호박, 당근을 적당하게 잘라 육수에 보글보글 끓였다. 끓기를 기다리는 동안 사진을 찍어 주변 사람들에게 보냈더니 초딩 딸을 둔 후배는 "우리 딸보다 삶의 질이 높다"며 부러워했다.

당근이 물렁물렁해질 때까지 끓인 뒤 건져내 찬물에 식혔다. 사람이 먹는 볶음밥 양념 크기보다 더 작게 재료들을 칼로 다졌다. 이때부터 또 다른 고비다. 냄새를 맡은 라미가 싱크대를 떠나지 않는다. 내려놓으면 올라오고, 내려놓으면 올라오고…… 참을 인(忍)을 이마에 새기면서 요리를 계속했다.

닭가슴살과 당근, 애호박에 육수를 내고 건져낸 황태채까지 잘게 찢어 손으로 조물조물 섞었다. 두 냥이 밥그릇에 각각 적당량을 담고 식은 육수를 부었다.

만들어놓고 보니 정말 간단했다. 사람 음식처럼 갖은 양념이 필요 없었기 때문이다. 라미, 보들이의 첫 자연식의 이름도 간단하게 지었다. '황태닭가슴살애호박당근수프'.

황태닭가슴살애호박당근수프를
흡입 중인 라미와 보들이

드디어 운명의 시간……이랄 것도 없이 라미는 싱크대로 뛰어올라와 "빨리 내놓으라냥!" 하며 울어댔고 라미 목소리를 들은 보들이도 마루에서 찡찡거렸다. 두 냥이는 습식캔을 먹는 속도로 생애 최초의 자연식을 한 그릇씩 거뜬히 비웠다. 태어나고 1년이 훨씬 지난 뒤였다. 만들기 어렵지도 않고 이렇게 잘 먹는데, 좀 더 일찍부터 해줄걸…….

매일같이 이렇게 먹으면 참 좋겠지만 일주일에 한두 번 특식을 먹는 수준에서 그칠 것이다(그래야 한다). 대신 같이 먹을 수 있는 것들을 좀 찾아보기로 했다. 예를 들어 고구마 같은 것들(난 고구마를 별로 안 좋아한다. 평생 한 번도 내 돈 주고 사먹은 적이 없다).

'개, 고양이가 행복한 세상은 사람들도 행복한 세상'이란 생각을 했는데, 하나 추가됐다. 개, 고양이에게 건강한 음식은 사람에게도 건강한 음식이란 사실이다.

얘네들 덕분에 나도 좀 건강해져야겠다.

50
박보들 씨, 전기방석에 빠지다

라미와 보들이의 생애 두 번째 겨울은 생각보다 조금 일찍 왔다. 11월 중순부터 날이 갑자기 추워졌다. 라미와 보들이의 '최애템'인 1인용 전기방석은 하루 종일 켜져 있었다. 1인용 방석은 주로 라미 차지였다.

보들이를 위해 5,000원짜리 숨숨집을 마련했는데 그렇게 인기가 좋진 않았다. 퇴근하고 마루에 앉아 있으면 예외 없이 보들이는 골골송을 부르며 내 다리 위로 올라왔다. 더 추워지기 전에 특단의 조치가 필요했다.

사실 마루는 내가 앉아 있기에도 그리 따뜻한 곳은 아니었다. 그렇다고 바닥이 뜨끈할 정도로 보일러를 틀 순 없었다. 기름 한 방울 나지 않는 나라에서.

결정적으로 라미나 보들이의 사이즈가 이미 1인용 전기방석 크기를 넘어선 뒤였다. 라미 혼자 누워도 온몸을 데우지 못할 정도였다. 방석 밖으로 삐져나온 발이 추워 보였다.

소파 사이즈에 맞췄다는 3인용 전기방석이 적당했다. 라미와 보들이는 물론이고 내 엉덩이까지 뜨끈하게 데워줄 수 있는 크기였다.

네○○ 쇼핑에 검색하니 만원대부터 40~50만원까지 다양했다.

2만원 언저리의 제품을 샀다가 밤새 틀어도 뜨끈해지지 않기에 반품하고 5만원대 물건을 샀다. 역시 비싼 게 좋았다. 3인용 방석을 사고 가장 좋았던 건 예상대로 보들이-라미-집사 순으로 눕거나 앉아 동시에 엉덩이를 데울 수 있다는 점이었다.

일요일 오후, 보들이는 집사가 있든 없든 점심을 먹은 뒤 방석 위에서 긴 낮잠을 잤다. 그 옆에 내가 앉아 텔레비전을 보거나 노트북을 켠다. 그러면 '뭐 먹을 거 없냐'며 보채던 라미도 나와 보들이 사이에 슬그머니 앉아 식빵을 굽는다. 3인용 방석이 가져다준 따뜻한 순간이다.

보들이가 전기방석에 홀릭하면서 라미가 슬슬 밀려나기 시작한 점은 예상치 못한 부작용이다. 보들이는 아주 짧은 시간을 자더라도 거의 떡실신을 하며 세상모르고 자는데 자는 도중 기지개를 편다고 쭉 뻗은 뒷다리가 식빵을 굽던 라미를 밀치는 일이 잦았다.

나이가 들면서 덩치에서도 식욕에서도 레슬링에서도 점점 동생에게 밀리는 라미는 착해서 그런지 쫄아서인지 보들이가 발로 차도 당하기만 했다. 둘의 모습이 폭군 집주인과 무기력한 세입자 같았다.

발길질하는
폭군 집주인과 세입자

대신 숨숨집은 라미의 독차지가 됐다. 안타깝게도 보들인 좀처럼 지붕이 있는 곳엔 들어가지 않으려 했다. 그래서 라미의 독차지가 되었는데 이게 전기방석과 결합하면서 훌륭한 온돌방이 됐다. 얼마나 안락하고 좋은지 안에 드러누워 '멍'을 때리는 장면이 여러 번 목격되기도 했다.

나는 가정을 사랑하기에 고양이를 사랑한다.
고양이는 어느새 눈에 보이는 가정의 영혼이 되어간다.
장 콕토Jean Cocteau(프랑스의 시인, 소설가, 영화감독)

앉으나 서나 냥이 생각,
가족이 된다는 것

51

냥스타그램

여느 냥집사들처럼 라미, 보들이와 함께 살면서 내 스마트폰의 사진첩은 그들 차지가 됐다. 함께 있는 시간이 가장 많은 존재들이라 당연한 결과였다. 더군다나 그들은 귀여우니까.

불행인지 다행인지, 아직 스마트폰이나 노트북 배경화면까지 라미나 보들이가 진출하진 않았다. 보들이가 올 때쯤 태어난 집사의 조카에게 주도권을 뺏겼기 때문이다. 고양이와 함께 살기 전부터, '고양이에게 스마트폰 배경화면까지 양보하진 않으리라'고 생각했는데, 냥이들에 대한 사랑이 부족해서인지, 아직 그 다짐대로 살고 있다.

늘어나는 사진을 감당하기 힘들 것 같아, 라미가 오고 얼마 되지 않아 페이스북 페이지(www.facebook.com/rameepark)를 만들었다. 기억이 가물가물한데, 처음 이름은 '뱅갈냥 라미 이야기'였던 것 같다(지금은 '라미&보들이'다). 그때만 해도 둘째 냥이를 들일지 몰랐기에 그렇게 지었다. 페이지 '좋아요'를 누른 이들은 보모 이모들을 비롯한 집사의 지인들이었다.

애초엔 사진을 저장할 목적으로 시작했지만 역시나 '부모의 입장'인지라 좀 더 많은 사람들이 좀 더 많은 관심을 보여줄수록 만족도는 늘어갔다. 그런 면에서 페이스북 페이지는 한계가 있었다. 집사의 몇 안 되는 지인은 정말 몇 안 됐고, 50명 수준에서 '좋아요'가 멈춰버렸기 때문이다. 뭐 그렇다고 '좋아요 요청'을 보낼 것도 아니었다.

페북 페이지는 구독(좋아요) 중인 누군가가 어느 게시물에 '좋아요'나 공유, 댓글 버튼을 누르면 그 누군가의 페북 담벼락에 뜨고, 그 누군가의 페북 친구들이 또 거기에 반응하면 구독(좋아요)하지 않는 사람들에게도 게시물이 퍼지는 구조다. 그런데 언제부턴가 페이스북이 이 과정의 어느 지점을 막아놨다(고 추정된다). 그래서 라미나 보들이 사진이 널리 퍼지긴 하는데 '좋아요'가 늘진 않았다. 치명적인 매력의 보들이 사진을 올려도 마찬가지였다. 예를 들어, 페이지 '좋아요'를 누른 이는 55명이고, 어떤 사진은 도달이 5,000 가까이 되는 때가 있다. 구독자('좋아요'를 누른 이)를 제외하고 수천 명에게 더 전달됐다는 얘긴데, 그럼에도 새로 '좋아요'를 누른 이는 한 명도 없었다. 페이스북 이용자들이 주로 스크롤하며 담벼락을 대충 확인한다고 하더라도 새로운 '좋아요'가 0이라는 건 쉽게 납득되지 않는 결과다.

뭐 그렇다고 페이스북에 "우리 라미 보들이 페이지 '좋아요'가 왜 안 늘어나느냐"고 따질 수도 없는 노릇이라, 다른 방법을 찾았다.

대안은 인스타그램이었다(그래봐야 인스타나 페이스북이나 하나의 회사다). 페북 페이지와 비교했을 때 인스타의 장점은 다음과 같다.

① 사진 '때깔'이 좋다: 인스타의 필터 기능은 정말 이 세상 귀엽고 사랑스러운 것들을 위해 존재하는 것 같다. ② 과거 사진을 찾아보기 쉽다: 이미 페북은 느려 터졌다. 워낙 이용자들이 많아 그들이 올린 사진과 글, 영상이 많기 때문이기도 하고. 페이스북의 특성 자체가 '현재 지향적'이라 그렇기도 하다. ③ 확장 가능성이 많다: 해시태그(#)만 잘 붙이면 검색을 통해 많은 이들에게 노출이 가능하다. 페북 페이지의 '좋아요'에 해당하는 '팔로워'도 그에 비례해 늘어난다(대신 게시물을 자주 올려야 가능하다. 어디든 그렇지 않겠냐만).

2017년 9월 초에 '람보들이네' 인스타그램(www.insta gram.com/ramee0824)을 만들었다.

하루에 한 번꼴로 사진이나 영상을 올렸더니, 한 달 동안 팔로워 42명이 생겼다. 만들어놓고 보니 장점 ②가 아주 유용했다. '이때 이런 일들이 있었지'라는 육아일기 기능을 충분히 대체할 만했다. 장점 ③에만 집착하지 않는다면 인스타그램은 훌륭한 기억 저장소가 될 것 같다. 그래도…… 팔로워가 420명쯤은 됐으면 좋겠다. 부모의 욕심처럼 집사의 욕심도 끝이 없는 법이다.

2018년 1월
람보들이네 인스타

52

파양과 유기

함께 살기 위해 고양이를 데리고 오는 걸 '입양한다'고 한다. 그와 반대로 함께 살다가 어떤 이유가 생겨 인연을 끊는 걸 '파양한다'고 한다. 파양의 사전적 의미가 양자(養子) 관계를 끊는 것이니 가족의 연을 끊는 것이라 할 수 있겠다.

인터넷 고양이 카페나 페이스북 페이지에 가끔 이 파양글이 올라오기도 한다. 파양은 또 다른 입양이 있어야 가능하기 때문에 (파양글은) 주로 '입양게시판'에 올라온다. 파양을 할 수밖에 없는 어쩔 수 없는 사연이 있겠지만 그 구구절절한 사연을 남들이 100% 알 수도 이해할 수도 없다. 그래서 "왜 어떻게든 같이 살 궁리를 먼저 해보지 않느냐"는 반응들이 달리고 논쟁이 벌어지기도 한다.

지금 생각하면 웃어넘길 일이지만, 라미가 생후 5개월 때 장염에 걸려 마루 곳곳에 똥테러를 저질렀을 때 주변에 농담 반 진담 반으로 "사람들이 이래서 파양을 할 수도 있겠구나"라고 말했던 적이 있다. 똥이야 묻으면 닦으면 되고 장염이야 병원 가서 약 받아 먹이면 될 일이다. 그런 것들과 달리, 예상치 못한? 결혼을 하게 됐는데 그 상대방이나 가족들이 강하게 반대할 경우, 지방이나 해외로 이주해야 하는 경우, 집사가 병이 생겨 치료를 해야 하는 경우 등등 '어쩔 수 없는' 사정은 우리가 상상하는 것보다 더 많을 것이다. 그러니 무조건 파양하는 사람들을 비난만 해선 안 될 일이다.

파양을 할 수밖에 없는데('할 수밖에 없다'는 말에 동의하지 않는 사람들도 많을 것이다) 마땅한 새 반려자를 만나지 못하는 사람들 중 일부가 유기를 하는 거겠지. 단지 밤에 좀 울어서, 아깽이가 사람을 물거나 할퀴어서, 똥오줌을 방 아무 곳에나 싸질러서 함께 살기로 한 고양이를 내다버린 건 아니겠지. 그런데 또 그런 유기묘들이 한 해 2만 마리가 넘는다고 한다. 사람과 함께 사는 고양이들이 많아질수록 버려지는 고양이들은 더 늘어날 것이다.

'피치 못할 사정이 생긴 사람들이 고양이를 쉽게 파양할 수 있도록 만들자'는 말을 할 수는 없다. '가족의 연을 쉽게 끊을 수 있도록 하자'는 말과 마찬가지기 때문이다.

대신 '피치 못할 사정이 잘 생기지 않도록 세상을 바꾸자'는 말은 할 수 있지 않을까. 내 집이 아니더라도 쉽게 고양이를 키울 수 있고(강아지도 마찬가지다), 고양이를 데리고 평소 다니던 곳들을 갈 수 있다면(여러 사람에 대한 예의를 지키는 선에서) '피치 못할 사정'이

라는 게 좀 사라지지 않을까. (K이모처럼) 고양이를 키우지 못하게 하는 집주인들이 여전히 대부분이고, 고양이를 데리고 갈 수 있는 펜션이나 리조트는 거의 없다.

사람 아이도 오지 못하게 하는 '노키즈존'이 늘고 있는 마당이라 이런 꿈이 언제쯤 현실이 될지 알 순 없다. 라미와 보들이의 생에선 불가능한 세상일지도 모르겠다. 제도도 바뀌어야 할 테고 사람들의 생각도, 반려동물을 보는 시선도 많이 바뀌어야 가능한 세상이겠지만, 분명 그런 세상이 사람들 살기에도 좋은 세상일 텐데…….

추석 연휴, 가족들로부터 '이제 고양이랑 그만 살아라'는, 정말 지나가는 말로 한 얘기를 듣고 돌아온 후라 그런지 머릿속이 복잡하다.

53

무는 강아지, 할퀴는 고양이

강아지와 그 반려인들이 코너에 몰렸다. 한 연예인이 기르던 프렌치 불독에 물린 이웃 주민이 패혈증에 걸려 엿새 만에 세상을 떠났다. 사람을 문 전력이 있는 강아지였는데 입마개는 물론이고 목줄도 하지 않은 상태였다. 관리를 제대로 못한 반려인을 향해 비난이 쏟아지고 있다. "우리 개는 물지 않아요." 목줄도 입마개도 하지 않고, 강아지를 무서워하는 사람에게 이렇게 말하는 반려인은 얼마나 될까. 모든 반려인이 그러진 않을 텐데, 마치 강아지와 함께 사는 모든 반려인이 그렇게 무책임한 사람인 양 비난이 폭발하는 중이다.

패혈증이 그렇게 무서운 건지도 이번에 처음 알게 됐다. 어느 신문은 "고양이가 할퀴어도 패혈증, 파상풍 위험이 크니 병원을 찾아 치료받아야 한다"고 썼다. 난, "발톱 상처는 집사 자격증"이라고 썼는데. 이 글을 쓰기 하루 전날, 그 전날에도 라미는 내 팔에 상처를 남겼다. 그때마다 병원에 갔어야 했나(긁힌 상처엔 주로 소독약을 바르고 좀 심할 경우엔 연고를 발랐다. 흉터가 좀 남는 경우도 있었지만 그게 전부였다)…….

패혈증은 반려동물의 입속에서 사는 각종 세균과 바이러스가 상처를 통해 혈관 안에까지 침범해 번식한 상태라고 한다. 세균이 혈액을 따라 온몸에 퍼질 수 있어 사망 위험이 매우 높다고 한다.

물론 강아지에게 물린 모든 사람이 패혈증을 앓는 건 아닐 거다. 상처가 깊은 경우, 혈관이 손상돼 혈액공급에 문제가 생기는 경우, 손이나 얼굴 등 뼈나 관절과 가까운 부위를 물린 경우, 면역력이 떨어져 있는 경우에 감염 위험이 높아진다고 한다. 이번에 반려견에게 물려 패혈증으로 사망한 분도 다른 질병을 앓고 있었는지, 몸의 면역 상태가 정상이었는지 등이 아직 확인되지 않았다. 패혈증의 원인이 강아지가 문 것이 아닐지 모른다는 말도 들린다.

개가 사람을 무는 주된 이유 중 하나는 사회화 교육이 덜 돼서라고 한다. 무는 버릇은 생후 5~6개월까지 학습하는 버릇에서 비롯되는데, 또래 강아지와의 놀이를 통해 자신의 행동을 조절하는 법을 배운다는 것. 그런데 생후 5~6개월보다 훨씬 이른 시기에 펫샵 등을 통해 분양되는 강아지들은 그런 과정을 배울 기회를 갖지 못한다. 강아지의 사회화에 대한 관심이 높은 것도 아니니.

결국 사람을 향한 반려견의 공격도 사람의 욕심에서 비롯된 게 아닐까 하는 생각이 들었다. 한 달 차이지만 라미와 보들이는 서로 달랐다. 생후 2개월 때 온 라미는 보들이가 오기 전까지 내 손가락을 보면 달려들어 깨물었다. 물론 상처를 입거나 못 견딜 만큼 아프진 않았

하품할 때마다 드러나는 보들이의,
별로 무섭진 않은 송곳니

지만 '앞으로 계속 이러면 어쩌나' 꽤나 심각하게 고민했었다. 그런데 보들이가 오고 난 뒤 라미의 그런 버릇은 정말 흔적도 없이 사라졌다. 생후 3개월 동안 수많은 고양이들과 함께 뒹굴었던 보들이는 물기는 커녕 어지간해선 발톱도 세우지 않는다. 그런 보들이와 뒹굴면서 라미는 부족했던 사회화 교육을 '셀프 트레이닝'하지 않았을까.

외출할 땐 반드시 목줄을 하고, 덩치가 크고 제어가 안 돼 주변 사람들에게 위협을 줄 정도면 입마개를 하는 것으로, 그리고 그런 반려인들이 주변 사람들에 대한 배려에 좀 더 노력하는 것으로 교훈을 삼았으면 좋겠다. 반려동물을 '위험한 것'으로 낙인찍거나 "사람을 공격한 반려견은 반드시 안락사시켜야 한다"는 지경까지 나가지 않기를 바란다. 이 와중에 정부는 목줄이나 입마개를 하지 않는 반려인을 신고하면 포상금을 주는 '펫파라치' 제도를 도입하겠다고 한다. 공공이 해야 할 일을 개인들에게 떠넘기는, 바람직하지 못한 해결 방식이다.

동물과 함께 사는 걸 선택한 쪽은 사람이다. 그 선택에 맞는 책임을 얼마나 다했는지 생각해보는 계기가 됐으면 좋겠다. 반려동물을 혐오하는 세상은 결코 사람에게도 좋은 세상이 아니다.

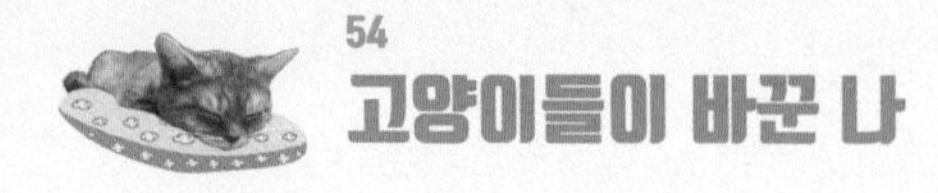

54

고양이들이 바꾼 나

고양이 책은 다시 쓰여질 필요가 있다.

"고양이와 함께 살면 집사가 분리불안을 느낄 수 있습니다. 주의하세요."

직업상 출장을 줄기차게 다니던 때가 있었다. 1박2일, 때로는 2박3일로 출장을 가는 일이 잦았다. 반드시 집에서 자야 한다는 특별한 이유가 없을 때였다. 그때 나의 한 해 계획은 이런 식이었다.

"올 한 해는 집에서 자는 날보다 밖에서 자는 날이 더 많기를."

사람마다 다르겠으나 혼자 사는 사람에게 집의 존재는 정말 '별거 아닌 곳'일 때가 있다. 맛있는 음식이 있지도 않고 따뜻하게 맞아주는 식구가 있지도 않으니, 집은 가면 그만 안 가도 그만인 곳.

그러다 나이가 들면서 집에 있는 시간이 좋아졌다. 어딜 가도 집만한 곳이 없다는 걸 알아버렸기 때문일지도 몰랐다. 그러다 보니 비록 혼자 살더라도 방이 좀 더 넓었으면 좋겠고 햇빛이 잘 들었으면 좋겠고 함께 사는 식물도 있었으면 좋겠고…… 그러다 라미와 보들이까지 함께 살게 됐는지도 모르겠다.

고양이와 함께 살기로 마음을 먹을 즈음, 가장 마음에 걸리는 게 하나 있었다. 고양이와 함께 살기 시작하면 해외여행을 가기 힘들다는 점이었다. 국내여행을 가거나 일주일 안으로 집을 비워야 할 땐 어떻게든 주변 지인들 도움을 받는다 하더라도 2주 이상은 쉬운 일이 아니기 때문이다. 고양이랑 살기 직전에도 직후에도 그 점은 계속 마음에 걸렸다.

그랬는데, 라미, 보들이와 함께 산 지 1년이 된 요즘엔 그렇게 길게 집을 비울래도 비울 수가 없을 것 같다. 초특급 장난감인 집사가 없는 집에서 낮엔 하루 종일 잠만 자고, 밤엔 컴컴한 마루에서 서성댈 두 냥이들을 생각하면 내가 불안해진다. 웹캠으로 봐도 마찬가지다.

불행인지 다행인지, 아침에 집을 나서야 할 때 느끼는 불안함과 저녁에 집에 들어갈 때 느끼는 걱정과 설렘은 여전히 익숙하지가 않다.

루이비통 목걸이를 한 고양이

그러면서 자연스레 나에게 집은 그 어느 때보다도 안락한 곳이 되어버렸다. 라미와 보들이가 오면서 내게 생긴 가장 큰 변화다.

물론 이건 나만의 착각일지도 모른다. 어쩌면 라미와 보들이는 내가 없는 시간을 더 기다리고 있을지도 모른다. 자는데 얼굴을 깨물고 발을 만지고 노래를 부르는 집사가 없으니 얼마나 좋을까. "보들아, 집사 나갔다. 이제 우리 맘대로 놀고 자자"라고.

라미, 보들이와 함께 살면서 바뀐 또 다른 변화는 고양이뿐만 아니라 다른 동물들에 대한 관심도 늘었다는 점이다. 자동차 밑에서 웅크리고 있는 길고양이를 만나면 안쓰럽기도 하지만 그래도 반갑다. '식빵'을 굽고 있는 모습이 라미, 보들이와 닮아서, 때론 라미, 보들이와 달라서 신기할 때가 많다.

고양이뿐만 아니다. 강아지는 물론이고 때론 비둘기를 보면서도 그들이 머리를 움직이고, 먹이를 쪼아 먹고, 뒤뚱뒤뚱 걸으면 라미나 보들이 생각이 난다. 우리 주변에 사람과 함께 사는 동물들이 정말 많다는 사실(당연한 얘기겠지. 모기도 파리도 동물이니까)을 알게 됐다. 다시 인생을 산다면, 고양이와 같이 살지 못하더라도, 동물들을 알아볼 수 있는 삶을 살고 싶다.

55
남의 집 고양이, 안젤라와 칸

집사가 되고 나니, 주변의 집사들이 보이기 시작했다. 의외로 다들 가까운 데 있었다.

보모로 여러 번 방문해 라미, 보들이와도 안면이 있는 사촌동생들은 '모범 반려인'들이다. 길고양이들에게 '간택(주로 길고양이들이 처음 본 사람에게 다가와 몸을 비비거나 애교를 부리는 일. 이를 계기로 고양이와 함께 살게 되는 걸 '냥줍'이라고 한다. 새끼 고양이의 경우 주변에 어미가 있을 수 있기 때문에 신중해야 한다)'당해 가족의 반대를 이겨내고 잘 살고 있기 때문이다.

사촌동생네 냥이는 두 마리. 첫째는 안젤라, 둘째는 칸이다. 안젤라와 함께 살게 된 스토리는 눈물겹다. 생후 6개월쯤 된 젤라가 2014년 추석 즈음부터 집 앞으로 찾아왔다고 한다. "눈팅이고 뭐고 없이" 밥 내놓으라고, 추우니까 좀 재워달라고, 그냥 "직진"으로 들이밀었다고. 사촌동생 자매는 엄마(고모)의 구박을 견뎌가며 젤라한테 밥을 먹이기도 하고 엄마 몰래 재워주기도 했다.

'옛날 사람'인 고모에게 고양이와 방에서 함께 산다는 건, 그것도 집도 절도 없는 길고양이를 들인다는 건 꿈에서도 있을 수 없는 일이었다. 젤라에게 밥 주는 모습이 발각되면 큰소리를 질러 쫓아내기도 하고 길 가다 젤라가 보이면 "저리 가!"라며 냉정하게 대했다고 한다. 그랬는데…….

그렇게 엄마의 심기만 '눈팅'하던 2015년 초 자매는 "너무 사소하고 오래돼 기억도 안 난다"는 어떤 이유로 대판 싸우게 된다. 그런데 "다 늙어서(자매는 서른 언저리다) 싸운 게 신의 한수였다"고. 고모는 다 늙어서 싸운 두 딸이 정말 다시는 말도 안 할 사이가 되는 게 아닌가 싶어 '히든카드'를 던진다.

"너네 둘이 화해하면 젤라 저거 키우게 해주께."

고모네 둘째냥 칸,
영구눈썹을 한 듯한 아이라인이 매력이다

당시 언니는 중국 상해를 여행 중이었는데 자매는 엄마의 이 말이 나오자마자 원격으로 화해를 하고 그날로 젤라를 들였다.

젤라가 들어온 뒤 '상황'은 역전됐다. 입양 초기 젤라는 철저하게 고모를 무시했다고. 고모 침대에 올려놓으면 0.1초도 안 돼 내려가고, 방에도 잘 안 들어갔다. 고양이와 함께 사는 걸 꿈에도 생각하지 않았던 '옛날 분' 고모는 젤라의 몸짓 하나하나가 이쁘기만 했는데, 뒤끝 있는 젤라는 핍박받던 과거를 기억하고 있었던 것이다.

얼마 전 라미가 아깽이 시절에 쓰다 방치해두었던 화장실을 주러 젤라집에 다녀왔다. 최근에 함께 살게 된 6개월 아깽이 칸이도 볼 겸 해서였다. 그랬는데…….

젤라네엔 고양이가 세 마리나 있었다. 내가 갔던 그날, 동생이 길에서 떨고 있는, 이제 겨우 어미젖을 뗀 듯한 새끼 고양이를 "그냥 냅두면 죽을 것 같아서" 데리고 왔다고 했다. 고모는 "절대 더 이상은 안 된다"며 "쟤를 어쩐다고 데리고 왔을꼬"라는 말을 반복했다. 사촌동생들은 치료만 하고 나서 새로운 집사를 찾아줄 거라고 했다.

고양이를 키우고 나서 처음 가본 고모집 곳곳엔 예전에는 미처 보지 못하던 고양이의 흔적들이 가득했다. 작은방 한쪽엔 6개월 아깽이 칸이의 화장실이 있었고 고양이가 드나들면서 흩뿌린 모래들이 방 곳곳에 흩어져 있었다.

그런데 사촌동생들도 고모도 크게 개의치 않아 보였다. 동생들은 흩뿌린 모래보다 그날 데려온, 눈도 제대로 뜨지 못하는 아깽이가 이제나저제나 빨리 기운을 차리기만을 바라고 있었다. 라미와 보들이네에선 상상하지 못하는 풍경이었다. 화장실 모래 한 톨이라도 바닥에 보일라치면 치우기 바쁜데. 그래서 모래도 입자가 굵은 두부모래로 바꿨는데.

라미, 보들이와 함께 살면서 다른 고양이들, 더 나아가 다른 동물들에 대한 관심이 늘었다고 생각했는데, 사촌동생들을 보고 있자니 난 아직 멀었다는 생각이 들었다. 그저 함께 사는 고양이들이 아프지 않은지, 방을 어지럽히진 않는지…… 그래서 날 귀찮게 하지는 않을지, 주로 그런 걱정만 해왔다는 생각이 들었다.

그날 본 사촌동생네 고양이들은 그냥 있는 듯 없는 듯, 그 집 가족 같았다.

56

다시 겨울

11월이 왔다. 하루가 다르게 해는 짧아지고 있다. 라미와 보들이는 이제 더 이상 마룻바닥에 배를 깔고 눕지 않는다. 겨울이 오고 있다.

1년 전 이맘때 생각이 난다. 퇴근을 하고 빨리 간다고 가도, 집에 도착하면 늘 컴컴했다. 하루 종일 따분하게 지내다 어둠과 함께 슬슬 배가 고파올 라미를 생각하면 걱정도 됐지만 서글퍼지기도 했다. '쓸쓸한 가을은 라미(를 데리고 와)도 어쩔 수 없구나'라는 생각을 했다.

겨울이 오면 아무래도 햇빛을 쬐는 시간이 줄어드니 사람이든 고양이든 여름보다 무기력해지기 마련이다. 이제 나이까지 먹었으니, 라미와 보들이도 1년 전처럼 까불거리지 않는다.

겨울을 대비해 털을 두툼하게 찌운 보들이는 방바닥이 아닌 집사의 무릎 위에 드러눕기 시작했다. 지난 3월 말 중성화 수술 이후 집사의 무릎을 떠났던 보들이가 다시 '고향'으로 돌아온 것이다. '보들이가 냥춘기라 더욱 집사와 내외한다'고 생각했는데 아니었나 보다. 그냥 더웠나 보다.

아직 난방을 하긴 이른 듯해서 전기방석을 좀 일찍 꺼냈다. 지난겨울 보들이가 왔을 때쯤 장만한, 라미와 보들이가 좋아하는 물건이다. 특히 라미가 좋아한다. 아무래도 보들이보다 털이 적으니까 추위를 좀 더 타기 때문일 것이다.

1인용 장판을 독점하고 떡실신한 보들이

그런데 이제 이 전기방석이 너무 작았다. 두 냥이가 덩치가 작을 땐 함께 올라가 앉아도 비좁지 않았는데 라미는 길어졌고 보들이는 넓어졌기에 '2냥용'이 불가능했다. 며칠을 살펴보니 역시 라미가 주로 썼다. 좀 쌀쌀하다 싶으면 라미는 방석에 올라갔다. 보들이는 스크래처 위에서 자기도 하고 캣폴에 달린 해먹에서 자기도 했다. 물어볼 순 없지만 추워 보였다.

그래서 보들이를 위한 '숨숨집'을 샀다. 1년 전처럼 만들어볼까 했지만 적당한 두께의 안 입는 옷을 찾기 어려웠다. 1년 전 라미가 왔을 때 쇠로 된 옷걸이와 안 입는 옷으로 만들어준 적이 있는데, 얇은 옷으로 대충 만들다 보니 지나치게 조잡했다. 별로 방한 효과도 없어 라미도 침실로는 쓰지 않았다.

굳이 자체 제작을 하지 않은 더 큰 이유는 '다ㅇㅇ'에서 만든

5,000원짜리 숨숨집이 매우 훌륭했기 때문이다. 두께도 꽤 있는 편이라 방한도 되고 돌돌이로 쉽게 털을 제거할 수 있는 재질로 돼 있어 청소도 편했다.

전기방석 옆에 나란히 두었는데 아직 그렇게 춥지 않아서인지 라미나 보들이 둘 다 새 숨숨집에 큰 관심을 보이지 않는 중이다. 라미는 여전히 전기방석 위에, 보들인 스크래처 위에서 잠드는 중이다. 얼마나 더 추워져야 할까. 그 전에 내가 더 추울 것 같은데.

겨울이 오기 전 라미와 보들이에게 쫓겨 멀리 떠난 친구들도 있다. 지난여름 두 냥이들을 피해 창문 밖 에어컨 실외기 위로 쫓겨났던 다육이들이다. 지난겨울엔 밥상 위에 철망을 두르고 그 안에 살았는데 꽤 공간을 차지하고 먼지가 쌓여서 눈에 거슬렸었다. 라미와 보들이보다 먼저 이 집 식구가 된 친구들인데, 어쩔 수 없었다. 대승적인 결정을 해야 했다.

결국 다육이들은 창원으로 먼 이사를 갔다. 볕과 바람도 잘 들고 서울보다 따뜻하고 무엇보다 나보다 훨씬 다육이들을 사랑해줄 수 있는 엄마의 품으로 거처를 옮겼다. 실외기 위에서 핍박받으며 사는 것보다 훨씬 더 행복하리라 믿는다.

57
다시 냥바냥

고양이와 함께 살면서, 더군다나 성격도 외모도 전혀 다른 두 고양이와 함께 살면서 날마다 깨닫고 있는 말이다. 냥바냥, 모든 고양이는 제각각이다.

뒤늦게 다시 이 냥바냥을 꺼낸 이유는, 혹시라도 이 책 속 내용에 따라 '우리 고양이도 이렇게 해야 겠다' 또는 '우리 고양이는 왜 이렇지 않을까'라고 생각하지 않았으면 해서다. 두 고양이와 함께 산 지 (겨우) 1년이 넘었지만 여전히 나도 얘네들을 잘 모르겠다. 또한 내가 그동안 해왔던 결정과 선택들이 정답인지도 모르겠다.

둘째(보들이)를 데려오고, 각방에서 잠들고, 제한급식을 하고, 중성화 수술을 하고…… 지난 1년 동안 꽤 많은 결정의 순간이 있었다. 이런 '메인 이벤트'뿐만 아니라, 간식을 거의 주지 않고, 태어난 지 1년 만에 첫 목욕을 하고, 매일 양치를 하고, 이틀에 한 번씩 캔을 주고, 최장 일주일 동안 집을 비우고…… 같은 작은 선택의 순간들도 있었다.

만약 둘째를 데려오지 않고, 제한급식이 아닌 자율급식을 하고, 목욕을 한 달에 한 번씩 하고 간식을 자주 줬다면, 어떻게 달라졌을까. 그랬다면 라미는 지금보단 좀 더 살이 쪘을 테고 털이 더 깨끗?할 테고 식탐이 좀 덜하겠지. 하지만 그때 그 선택을 하는 게 나았을 거라고, 그게 더 바람직했을 거라고 할 사람은 누구도 없다는 말이다. 냥바냥이니깐.

진공청소기와 드라이어 외에 라미와 보들이가 동시에 싫어하는 게 하나 더 있으니 그건 바로 귤이다. 귤을 먹고 있을 땐 절대 가까이 오지 않는다. 귤껍질이라도 슬쩍 던지면 보들이는 화들짝 놀라 달아난다. 그래서 귤은 최고의 음식이다.

고양이 행동을 교정하는 스프레이의 주재료가 레몬이다. '그래서 고양이는 시큼한 것들을 싫어하나 보다'라고 생각할 수 있다. 아마 맞는 말일 거다.

그런데 최근 옆자리 선배네 고양이는 귤을 싫어하기는커녕 과육을 발라주면 잘 먹는다는 충격적인 말을 들었다. 세상에 귤을 먹는 고양이라니. 전혀 성격이 다른 두 고양이를 키우면서 '이네들이 함께 싫

모처럼 나란히 앉은 라미와 보들이,
외모도 하는 짓도 점점...

어하는 건 모든 고양이가 대체적으로 싫어할 것'이라고 생각했던 내 성급함이 깨지는 순간이었다. 역시 냥바냥이었다.

그러니 이 글을 그냥 평범한 두 고양이와 평범한 한 사람이 만나 살아가는 이야기로 읽어줬으면 좋겠다. 라미와 보들이가 사는 모습 역시 수많은 삶의 방식 중 하나일 뿐이다.

물론 수의사나 행동교정학 같은 전문가들의 눈에는 다르게 보이겠지만, 그래서 바로잡아야 할 게 있다면 바로잡아야겠지만(선택과는 별개로 '공부'는 끊임없이 해야 한다. 집사가 할 수 있는 최소한의 도리다).

상상이 잘 되진 않지만, 세상엔 라미보다 더 깨발랄한 고양이도 있고 보들이보다 더 소심한 고양이도 있다. 혹시 그런 고양이를 만나더라도 '냥바냥'을 마음속에 새기고, 우리 고양이는 평범한 한 마리의 고양이에 불과하다고 생각했으면 좋겠다. 쉽지는 않겠지만 말이다.

58

함께 살면서 생긴 가장 큰 변화

1년 전 사람들에게 들었던 질문.

"왜 고양이와 함께 살게 됐나?"에 대한 답은 아직 찾지 못했다. 어쩌면 그런 이유 따위 없었는지도 모른다. 누군가와 만나고 함께 살기 시작한 이유가 딱히 없는 인연도 많다. 라미, 보들이와의 인연? 묘연?도 그런 게 아닐까 싶다.

대신 "고양이와 같이 살면서 어떤 변화가 있었냐?"는 질문엔 자신 있게 답할 수 있다. 집 안에 나 아닌 다른 생명체가 살기 시작하면서 그동안 나지 않던 소리들이 생기기 시작했다.

알람소리에 몸을 뒤척이기 시작하면 귀 밝은 라미와 보들이가 방문 밖에서 먼저 반응한다(때론 알람소리보다 일찍 반응할 때도 있다만). 얼른 일어나지 않으면 보들이는 방문을 긁고 라미는 "아우옹~아우옹" 울기 시작한다. "알았다, 나간다"고 외치지 않으면 계속된다. 방문을 열고 나가면 그 앞에 나란히 앉아 나를 쳐다보고 있다.

집 안에서 입었던 옷을 마루에 던져놓고 작은방에 들어가 옷을 갈아입고 나오면 그새 보들이는 던져놓았던 옷 위에 엉덩이를 깔고 앉아 있다. 그 모습을 보면 웃지 않을 수가 없다.

약속이 없는 주말, 하루 종일 있다 보면 혼잣말을 빼곤 몇 마디 내뱉지 않을 때가 많았다. 사람은 하루에 최소 몇 마디 이상 말해야 건강에 좋다는데, 침묵스런 주말을 보내고 나면 아주 가끔씩 월요일이 기다려질 때도 있었다.

두 냥이와 함께 살기 시작한 뒤 월요일이 기다려지는 주말 따윈 사라졌다. 집사가 집에 있으면 라미는 쉴 새 없이 싱크대를 오르내리고 '주말인데 간식 좀 안 주냐'고 앵앵거린다. "방금 밥 먹었잖아." "그렇게 왔다 갔다 하니까 금방 배가 꺼지잖아." "어우, 똥도 많이도 쌌네. 이 냄새 이거 누구 거야." 여느 집 엄마의 잔소리처럼, 계속된다.

마루에 앉아 커피를 마시고 있으면 한숨 자고 일어난 보들이가 슬그머니 다가와 허벅지 위에 앉는다. 방금 전 돌돌이로 털을 제거했는데 다시 온몸에 털이 보슬보슬 붙어서 달아날 준비를 하고 있다. "아이고, 우리 털쟁이 보들이 왔나." "보들이 요즘 너무 무거운 거 아이가?" "이 뱃살 이거 누구 뱃살이고?" 보들이의 '골골송'과 집사의 잔소리가 뒤섞인다.

떡갈비를 기다리는 보들이

라미와 보들이는 그동안 닫혀 있던 내 입을 열었다. 물론 내 입에서 나온 소리의 대부분은 '이거 하지 마라, 저거 하지 마라'는 잔소리에 가깝지만 그 못지않게, 그리고 그것보다 훨씬 소중한 웃음소리를 나오게 만들었다.

케이블도 달려 있지 않은 우리집에서, <개그콘서트>도 예전 같지 않은 요즘, 그 누구도 쉽게 할 수 없는 엄청난 일을 라미와 보들이가 했다.

곱씹어보면 결국 라미, 보들이와 함께 살게 된 이유는 외로워서였기 때문인지도 모르겠다. 온갖 소음이 바글바글한 복잡한 서울에서 아는 사람, 모르는 사람들에 부딪혀가며 살고 있지만 정작 그들을 피해 들어온 집에서 외로움을 느끼며 살아왔는지도 모르겠다. 그런 집을 바꿔보려 식물도 키우고 커피머신도 사들이지 않았을지.

날이 추워지면 따뜻한 게 그립다. 따뜻함은 촉감으로만 느끼는 건 아니다. 얼른 집에 들어가 "냐아옹!" 하는 라미의 환영인사와 보들이의 골골송을 들어야겠다. 뜨끈한 보들이의 체온(고양이의 체온은 사람보다 높은 38~39도다)은 덤이다.

59

폭설을 기대함, 라미&보들이와 하고 싶은 것들

'우리 라미와 보들이랑도 같이 산책할 수 있으면…….'

욕심은 끝이 없다. 주말 오후 강아지들과 동네 하천을 거니는 사람들을 보면 불쑥 이런 욕심이 생겨난다. 강아지와 달리 고양이에게 산책은 필수가 아니고 라미니 보들이가 산책을 간절히 원하지도 않지만, 혹시나 하는 마음은 여전하다.

라미, 보들이와 함께 뒹구는 시간이 늘어날수록 얘네들과 좁은 방 안에서만 놀아야 한다는 사실이 안타깝다. 두 냥이의 의사와 무관하게 집사는 두 냥이들과의 활동에 목마르다.

가장 기대하는 것 중 하나는 눈이다. 라미와 보들이는 아직 눈의 감촉을 느껴보지 못했다. 라미와 보들이가 왔던 겨울엔 눈이 쌓일 만큼 내리지 않았고 예방접종을 마치기 전이라 아무래도 바깥활동을 자제해야 했다. 창밖으로 내리는 눈을 보긴 했는데 발바닥으로 느껴보진 못했으니 아직 눈의 존재를 모른다고 봐야 한다. 눈이 내려서 소복이 쌓이면 두 냥이들을 옥상에다 풀어놓을 작정이다. 하얀 눈밭에 찍힌 젤리 자국도 기대가 된다.

봄이 오면 산책은 못 하더라도 소풍은 가고 싶다. 시간 되는 보모 이모의 도움을 빌려 두 냥이들을 데리고 돗자리도 챙겨서.

높은 곳을 좋아하는 라미는 나무가 많은 곳으로 데려가고 싶다. 그 전에 발톱을 좀 길러줘야 한다. 다람쥐처럼 나무를 타는 모습은, 상상만 해도 흐뭇하다. "냐아옹!" 하면서 후다닥 나무를 올라타면 사람들이 놀라 쳐다보겠지. "쟤가 우리 고양이에요." 사람들이 부러운 눈으로 쳐다볼 텐데. 그러다가 또 캔이라도 따면 후다닥 내려올 게 분명하다.

'천연화장실'이 한없이 펼쳐진 모래밭에도 데려가고 싶다. 평소 볼일 볼 때마다 화장실 모래를 뒤집어놓는 보들이가 울트라초대형 천연화장실을 만나면 어떤 반응을 보일까. 분명 하라는 볼일은 보지 않고 모래밭에서 이리 뒹굴 저리 뒹굴 할 테지만.

마당이 넓은 펜션으로 여행도 가고 싶다. 반려동물과 함께 갈 수 있는 펜션은 여전히 몹시 드물지만 점차 늘어나고 있다. 화장실부터 물그릇, 밥그릇까지 바리바리 싸들고 '남의 집'에서 하룻밤 묵고 싶다. 두 냥이들과.

라미와 보들이 이름이 크게 적힌 목걸이도 장만해주고 싶다. 목걸이의 원래 기능은 잃어버렸을 때 연락하기 위함이지만 라미와 보들

처음 눈을 밟아본 라미,
기대만큼 좋아라하진 않았다

이도 앙증맞은 고양이니까 그런 장식품 하나쯤은 원하지 않을까. 목걸이가 싫다면 스카프라도.

써놓고 보니 그렇게 힘든 일도 아니다. 계절마다 가는 여행에 데리고 가면 되고 주말마다 나가는 외출 중 하루만 색다른 스케줄을 잡으면 되는 일이다. 눈이야 뭐 때가 되면 오겠지. 목걸이는 비싸지도 않고.

유일한 걱정은 라미나 보들이도 좋아할까 하는 것. 모두 사람인 집사가 원하는 것들이라는 게 가장 걸린다. 다녀와서 스트레스 과다로 앓아눕지는 않을지 걱정스럽긴 하다.

그래서 미리 양해를 구해야 한다. '내가 좋아하는 거니까 한 번만 같이 해달라'고. "나도 너네들 털 포기하고 같이 살잖아"라는 말은, 얘네가 끝까지 못하겠다고 하면 해볼까 생각 중이다. 함께 산 지 1년이 지났으니까 라미, 보들이도 이런 집사를 이젠 좀 이해해주지 않을까. 얼른 폭설이 내리고 봄이 왔으면 좋겠다.

60

나의 가족은 누구일까

집사들은 주로 고양이의 아버지거나 어머니거나 누나거나 형, 오빠로 자신을 자리매김(?)한다. 가끔씩 보모 이모들이 묻는다. "넌 라미와 보들이에게 너를 뭐라고 불러? 아빠? 오빠?" 그러면 난 말한다.

"아빠는 무슨, 그냥 같이 사는 사람이지." 아무리 생각해도 아빠는 아닌 것 같아서(엄마도 없으니까), 처음엔 라미와 보들이의 오빠로 살아볼까 생각했었다. 그런데 고양이가 나이 드는 속도는 사람의 7~8배라고 하니, 6~7년 뒤엔 이들의 나이가 내 나이를 넘어설 테니, 그것도 아닌 것 같았다. 그래서 그냥 그들은 나의 동거묘, 나는 그들의 동거인이 되기로 했다. 아, 물론, 동거인이자 보호자.

고양이와 가족이 된다는 건 여전히 좀 어색한 일이다. 내 나이만큼의 시간을 함께 보낸, 피로 엮인 사람들 이외의 누군가와 가족이 된다는 걸 아직 생각해본 적이 없다. 더군다나 사람도 아닌 고양이와.

가족의 사전적 의미는 '부부를 중심으로 한 친족 관계에 있는 사람들의 집단'이다. 난 라미와 보들이의 아빠

도 아니고, 라미와 보들이에겐 (지금 현재) 엄마도 없으니 그들과 나는 일단 가족은 아닌 셈이다. 그러면 가족은 누구일까. 그러고 보니 한때 나의 가족이었던 형제들은 이제 또 다른 가족을 이루고 산다. 물론 여전히 그들은 나의 가족이지만 그들은 나의 가족이기 전에 또는 이후에 누군가의 새로운 가족이다. '이전'의 가족의 흔적은 사라지고 '이후'의 가족만으로 살고 있는 삼촌과 고모, 그들의 아들딸들을 보면, 새로운 가족이 생기면 자연스레 이전의 가족과는 멀어지는 게 아닐까 하는 안타까운 생각이 들곤 한다. 이래서 어른들이 때가 되면 새 가족을 일구고 살아야 한다고 했던 게 아닐까 싶기도 하다.

난 이미 그 '때'를 넘기고서도 여전히 새 가족을 일구지 못한 채 살고 있다. 하필 그때, 라미, 보들이와 함께 살게 되었다.

라미와 보들이는 오래오래 나의 보살핌으로 살아갈 테지만, 우리는 어쩌면 영원히 소통 한번 못 하고 살아갈 것이다. 그런데 또 여기서 소통이란 사람 사이에서나 통하는 말일지도 모른다.

라미와 보들이가 사는 세상에선, 내가 그들을 보살피는 것도 아니고, 그들과 나 사이에 소통이 되지 않는 것도 아닐지도 모른다. 그래서 어쩌면 그들은 나를 가족이라고 생각하고 있을지도 모를 일이다.

10년 뒤 라미와 보들이에게

2028년의 라미야, 보들아. 나는 2018년의 집사야(이렇게 다정하게 불러보는 게 처음이라 완전 어색한 중이야).

이제 그러면 라미랑 보들이도 열두 살인가? 고양이 나이 열 살이면 사람으로 치면 환갑쯤 된다던데. 라미 할머니, 보들이 할머니가 됐겠구나. 환갑이 뭔지 몰라? 사람들 나이로 예순한 살을 환갑이라고 하는데, 요즘은 안 그렇지만 예전엔 그 나이까지 건강하게 살아 있다는 이유로 잔치도 하고 그랬어. 뭐 집사가 너네들한테 잔치 같은 거 해주고…… 그러진 않았겠지?

라미는 여전히 집사만 졸졸 따라다녀? 싱크대를 오르고 내리고 하는 거야? 입만 열면 "먹을 거 좀 달라옹" 하면서? 고양이들 나이 먹으면 움직이지도 않고 잠만 잔다던데, 냥바냥이니깐 라미는 안 그러겠지. 나이 든 집사는 여전히 그러겠구나. "라미야, 좀 가만히 있어라. 넌 힘들지도 않냐"고. 라미 너는 뭐 듣는 둥 마는 둥 하겠지만.

열두 살 보들이도 보고 싶네. 2017년에서 2018년으로 넘어가는 겨울의 보들이는 '이제 더 이상 살이 찌면 안 되는' 딱 이상적인 몸매였는데, 10년 뒤 어떻게 바뀌었을지도 궁금하네. 여전히 봄가을엔 캣폴 해먹에서 살고, 여름엔 마룻바닥에 배 깔고, 겨울엔 집사 허벅지에 누워 지내겠구나. 보모 이모들이랑은 이제 좀 친해졌으려나.

우리 함께 산 지 1년이 훌쩍 넘은 2018년 새해, 라미와 보들이는 그 어느 때보다 아무 일 없이 잘 지내고 있단다. 얼마 전엔 마지막 예방접종한 지 1년째 되는 날이라 정말 오랜만에 셋이 같이 병원에도 다녀왔어. 역시나 '병까냥(병원 가면 까칠해지는 냥)' 라미는 체온을 잴 때부터 으르렁거리고 의사 선생님 할퀴고 난리도 아니었어. 당연히 얌전한 보들인 체온 재고 주사 두 방 맞을 때까지 냐옹 소리 한번 내지 않았고. 몸무게도 쟀는데 라미는 3.1kg, 보들이는 4.6kg가 나왔어. 라미는 드디어 3kg를 넘었고(야호!) 보들이는 생각보다 적게 나왔어(휴!).

파란만장했던 지난 1년을 돌아보려고 글을 쓰기 시작했는데, 요즘엔 너무 '잔잔'해서 별로 쓸 얘기가 없어. 아 물론 파란만장했던 1년처럼 계속 살고 싶은 건 절대 아니야. 요즘 라미와 보들이가 쑥쑥 잘 커줘서 다행이라는 얘기를 하는 거야.

1년 전 라미를 데려오고 한 달쯤 뒤 또 보들이를 데리고 올 때까지만 해도 '내가 너네들과 잘 살 수 있을까' 묻고 또 물었는데, 딱히 뭐 대단한 노력을 하지도 않았는데, 벌써 한 해가 후딱 가버렸어.

고양이는커녕 동물이랑 한 번도 함께 살아본 적 없던 난 너네들 덕분에 고양이가 어떤 존재인지도 알게 되고, 너네들 덕분에 고양이를 좋아하는 사람들을 더 많이 알게 되고, 그들과 친하게 됐어. 2028년의 난 어때? 지금보다 좀 나아진 거 같아? 고양이 말고 사람들에게도 좀 친절했으면 좋겠는데……

너희들과 1년을 지내면서 보고 듣고 새로 알게 된 것들이 많은데, 2028년까지면, 아직 10년이 남았으니까 또 그만큼 새로 알고 듣고 경험하는 것들이 늘어나겠지? 새로운 보모 이모들도 더 만나게 될 테고. 혹시 알아? 10년 뒤엔 나, 라미, 보들이 외에 함께 사는 동거인? 동거묘?가 늘어나 있을지. 어때?

그때까지 라미는 밥 좀 많이 먹고, 싱크대 그만 오르내리고, 아무거나 좀 삼키지 말고 살아보자. 보들이는…… 음, 털만 좀 덜 날리면 좋겠지만, 그건 보들이 맘대로 할 수 있는 게 아니니까, 나나 보모 이모들이랑 좀 더 살갑게 지내자. 더 이쁨 받아야지.

2028년까지 우린 좀 천천히 갈 테니, 2028년의 집사와 재밌게 살고 있어라. 그때 만나서, 또 재미난 10년을 살아보자꾸나.

2018년의 집사로부터

고양이가 가져온 삶의 파장_달진님과 일구

태어날 때부터 집사인 사람은 없다. 내 삶이 좀 더 다양하고 풍족해지길 바라는 마음에서 집사가 된 (나 같은 좀 이기적인) 사람도 있고, 고양이의 삶이 어떻게든 좀 더 따뜻해지길 바라는 마음에서 집사가 된 사람도 있다.

둘 중 어느 쪽이 바람직하다 또는 바람직하지 못하다는 말을 하고 싶진 않다. 시작이 어떠했든 고양이와의 동거는 집사의 삶에 크건 작건 '파장'을 일으킨다. 그거면 충분하다.

고양이 일구는 119 센터 앞에서 구조됐다(그래서 일구다). 일구의 보호자 김수진 씨는 일구를 "구조인생 최고의 외모"라고 소개한다. 수진 씨는 2013년 가을 결혼을 한 뒤 유기동물보호병원에서 고양이와 인연을 맺었다. 유기묘 두 마리를 데려와 함께 살기 시작했고 동시에 길고양이를 돌보기 시작했다. 일구는 수진 씨가 구조한 고양이 가운데 하나였다.

2015년 가을이었다. 길고양이들에게 주려고 집 안에 쌓아둔 사료박스가 무너져 일구를 덮쳤다. 척추가 손상됐다고 했다. 수술이 이어졌고 병원을 옮겨 다니다 '고양이 백혈병'으로 불리는 범백에도 감염됐다. 재활치료까지 포함해 승용차 한 대 값에 맞먹는 비용이 들었다.

다행히 일구는 다시 걸을 수 있었다. 대신 배변신경이 손상돼 누군가의 도움 없인 똥오줌을 가리지 못했다. 밥을 챙겨주듯이 때가 되면 수진 씨가 대소변을 짜줘야 했다. 수진 씨는 다니던 회사를 그만뒀다.

현재 일구는 고양이 미용실이자 호텔인 '살롱 드 갯'의 매니저로 일하고 있다. 일구의 뒷바라지를 위해 회사를 그만둔 뒤에도 수진 씨는 길고양이를 구조하고 입양 보내는 일을 계속했다. 경제적인 어려움이 컸다. 일구와 함께 있으면서도 가능한 일들을 고민했고 주변 캣맘들의 지지와 성원 속에 지난해 5월 미용실(겸 호텔)을 열었다.

일구는 수진 씨와 함께 출퇴근을 한다. '최고의 외모'는 여전하고, 낯설고 만만한 고양이를 만나면 냥펀치 대신 입으로 싸운다. 수진 씨는 이런 일구를 "아가리파이터"라고 했다.

수진 씨는 아이디(또는 필명) '달진'으로 더 유명하다(달진 역시 '달고 진한 커피'에서 따왔다고, 별뜻 없다고 했다). 라미가 아깽이 시절부터 환장하는 '달깃털'이 바로 수진 씨가 만든 장난감이다.

수진 씨네엔 항상 열 마리 안팎의 고양이들이 상주했고 이 녀석들에게 들어가는 장난감 비용이 만만치 않았다고. 때론 아픈 고양이들의 치료비 마련이 필요할 때도 있었다. 그래서 깃털을 직접 만들어 팔기 시작했는데 그게 입소문을 타고 집사들 사이에선 얌전한 고양이도 미쳐버리게 만드는 '발광템'으로 유명해졌다.

반려동물 페스티벌이 열리면 수진 씨는 '달진상회'라는 이름으로 참가해 달깃털을 판매하는데 예외 없이 늘 '완판'을 한다. 좀 더 많이 만들어서 더 많은 고양이들에게 후원을 할 수 있으면 좋지 않을까. 수진 씨도 그런 생각을 했었는데 남편의 한마디에 마음을 접었다고 한다. "잔머리 쓰지 말고, 처음 마음대로 해."

고양이가 몰고 온 수진 씨의 또 다른 삶의 파장은 남편의 변화다. 고양이를 데리고 오기 전 수진 씨가 가장 공들인 일 중 하나는 남편을 설득하는 일이었다. 그런데 첫째를 데리고 온 뒤 얼마나 됐을까, 남편이 이렇게 말했다고 한다. "나 워킹맘들의 마음을 이해할 것 같아. 예쁘고 귀여운 아이를 집에 두고 나오는 게 이렇게 힘든 거구나."

남편은 미용실 인테리어 공사를 직접 하는 등 온몸으로 수진 씨를 적극 지원하다 "혼자 하는 걸 그냥 두고 볼 순 없다"며 아예 '경영진'에 합류했다. 남편은 수진 씨에게 최고의 동업자이자 지지자이자 조언자다. "저희 부부는 딩크족(Double Income No Kids)인데, 지금도 티격태격하거든요. 아마 고양이가 없었다면 더 많이 자주 싸웠을 거예요."

이쯤 되면 가장 궁금한 것. 수진 씨는 몇 마리의 고양이와 함께 살고 있을까. 예상 밖의 답을 들었다. "숫자를 세니까 압박을 받게 되더라고요. 고양이를 구조해야 하는 순간 '내가 이미 몇 마리를 키우고 있는데'라는 생각이 들면서 망설이게 되는 거죠. 그래서 고양이 숫자를 세지 않은 지 오래됐어요."

"세지 않는다"는 수진 씨의 말이 "모른다"는 의미는 아니다(수진 씨는 현재 "자발적"으로 함께 사는 일곱 마리, 구조돼 입양을 기다리는 세 마리와 함께 살고 있다고 했다). 수진 씨 남편의 말처럼 마음가짐을 말하는 것이겠지.

그 마음가짐, 어설프게 따라할 수도 없고 나는 쉽게 헤아릴 수도 없지만, 나와는 또 다른 마음가짐이기에 그를 꼭 소개하고 싶었다. "예쁘고 무서운 존재"인 고양이가 수진 씨의 삶에 가져온 파장을 나누고 싶었다.